Cuentos Para Compartir con Mi Pareja Libro 1

J. F. Nodar

Northport Booksellers
Spring Farm, NSW, Australia

CUENTOS PARA COMPARTIR CON MI PAREJA – LIBRO 1

¡UN LIBRO DE CUENTOS PARA DISFRUTAR JUNTOS!

Publicado por primera vez en español 2024

Publicado por Northport Booksellers

Correo electrónico info@northportbooksellers.com.au

ttps://www.northportbooksellers.com.au

J. F. Nodar. 1st edition.
ISBN 978- (978-0-6457023-7-8 - Imprimir)
ISBN 978- (978-0-6457023-9-2 - Kindle)
Traducción por: Gustavo Salcedo

SOBRE ESTE LIBRO

¿Por qué escribe un individuo?

¿Podría ser en busca de fortuna, reconocimiento o fama?

¿Podría ser como una expresión de creatividad?

Tal vez quiera mostrar sus diversas perspectivas.

Algunos individuos quieren representar al lector su reflejo de crecimiento personal o su celebración de la diversidad. Cualquiera que sea la razón que puedan tener estas personas podría describirse como que querían escribir por el placer de hacerlo.

Esa es mi razón principal. ¡Si vendo algunos libros maravillosos entonces!

Mientras alcance el punto de equilibrio y recupere mis costos seré feliz, pero, si puedo hacer sonreír a un solo lector con estas historias, soy feliz.

Al final, espero haberte dado a ti, lector, la oportunidad de profundizar en mi mente peculiar y contarte un poco de mí.

AGRADECIMIENTOS

Ante todo, deseo agradecer el apoyo espiritual y moral que recibí de mi esposa, Miriam V. Nodar.

¡Te dedico este libro, Red!

Sin este apoyo y los numerosos desayunos, almuerzos y cenas que ella ha preparado para mí durante nuestros veintitantos años de matrimonio, no tendría fuerzas para sentarme frente a una pantalla y golpear las teclas.

En segundo lugar, me gustaría agradecer a todos mis lectores que se suscribieron a mi boletín y a aquellos lectores que compraron mis libros anteriores.

¡Sus comentarios, conocimientos y aliento me mantienen activo todos los días para sentarme, soñar y golpear las teclas!

Tabla de contenido

1000 PALABRAS

"Cíñete a la historia, por favor", bromeó mi esposa, Bella, mientras descargaba las bolsas de la compra en la barra del desayuno. "No te desvíes, y por el amor de Dios, mantenlo por debajo de las 1,000 palabras".

Mi mente funciona como un misil de precisión cuando comparto un tema o una historia, pero mi lengua a menudo elige la ruta escénica. Por lo tanto, pido paciencia al lector.

Estoy sentado en la barra de desayuno de nuestra casa de vacaciones en Minnow Island mientras cuento esta historia. Seguro que conoces la isla de la que hablo. Está en la costa de Nueva Gales del Sur (NSW), pero no es la isla donde Gilligan y su barco quedaron varados (mira, ahí voy de nuevo). De todos modos, le cuento a Bella que mi hija de diecisiete años y yo dimos un paseo cerca de la orilla en nuestra playa privada esta mañana. Sí, has leído bien, nuestra playa privada.

Hace más de 100 años, mi abuelo tuvo la previsión (aunque algunos en ese momento lo tachaban de loco) de comprar esta isla de 1 1/2 hectáreas, a unos veintiún kilómetros de Rose Bay, NSW. A pesar de estar a veintiún kilómetros de la costa, aún usamos el código postal de Rose Bay para la oficina de correos local, por lo que es más fácil decir que tenemos una casa de vacaciones en Rose Bay en lugar de Minnow Island.

Continuando con mi historia, le relato a Bella que vimos un bulto oscuro en la arena mientras caminábamos por la playa. No podíamos pasarlo por alto. Mi hija y yo nos acercamos al bulto inmóvil. Parecía pequeño e increíblemente irregular. Esquelético sería una mejor descripción. Yacía de lado, apenas respirando. Mary Lou (ese es el nombre de mi hija, por si no lo mencioné) mira al animal y rompe a llorar, diciendo: "Sálvalo, Papi, sálvalo".

¿Qué podía hacer?

Me quité la camiseta, la envolví alrededor del pobre animal y lo acuné suavemente, notando que le faltaba la cola, como si la hélice de un barco se la hubiera cortado. Nos apresuramos a regresar a la casa para brindarle la ayuda médica que pude ofrecer (limitada a envolver mi camiseta alrededor de él, ya que carezco de habilidades veterinarias).

Le dimos al animal un poco de agua, a lo que él o ella (no miré debajo, pensando que algo de privacidad era apropiado en ese momento) respondió con puro deleite. Me di cuenta de que, bueno, no era tan pequeño después de todo. El gato tenía una nariz gruesa y roma, ojos pequeños, orejas pequeñas y un cuerpo largo. Aunque esquelético, el gato pesaba alrededor de 2 kilos y medía cerca de 90 cm de largo con el pelo corto. Después de darle algunas nueces y un poco de cereal de grano, el querido gato parecía salir de su estado zombi. Podíamos apreciar lo feliz y agradecido que se volvía.

Los días pasaban, y hasta Bella se estaba acostumbrando al pequeño ser al que llamé Robinson (sí, descubrimos que era un macho). Le encantaba jugar con nosotros, saltando sobre nuestras piernas mientras disfrutábamos de hermosas puestas de sol y bebíamos nuestros deliciosos vinos tintos de Hunter Valley.

A medida que nuestro tiempo en la tierra de vacaciones llegaba a su fin, Mary Lou declaró que Robinson debería hacer el viaje de regreso a casa con nosotros. Aunque tenía dudas, estuve de acuerdo solo si llevábamos a Robinson al veterinario antes de nuestro viaje de regreso a Sydney (lo cual sería un desafío con el gato en el SUV). Decidimos llevar a Robinson a ver al Dr. James Kildare, cuya oficina estaba al lado de Hilltop Cottage. Sí, tiene el mismo nombre que el personaje de televisión Dr. Kildare, interpretado por Richard Chamberlain, quien trabajó con Lee Kurty, la actriz que interpretó a la enfermera Zoe Lawton en la serie de televisión. Sin embargo, nuestro médico no tenía una enfermera como Zoe.

Maldita sea, detente. ¡Ahí voy de nuevo!

La visita al Dr. Kildare fue un éxito.

Robinson superó todas las pruebas para determinar que gozaba de excelente salud y estaba listo para el largo viaje de regreso a casa. El Dr. Kildare pidió a Mary Lou que saliera para hablar conmigo en privado. Le aseguró a Mary Lou que Robinson estaba bien y que solo quería unos minutos conmigo para discutir el pago de la visita. Mary Lou y Robinson salieron de la sala de examen, y el Dr. Kildare compartió sus pensamientos conmigo.

El día de nuestro viaje planeado de regreso a Sydney, Robinson parecía haber desaparecido. Lo buscamos arriba y abajo, pero no había rastro de él. Mary Lou estaba inconsolable y se negaba a irse a menos que lo encontráramos. Después de mucho consuelo, Mary Lou aceptó nuestras explicaciones de que Robinson no quería abandonar su entorno familiar y simplemente se había escapado durante la noche. Hice una nueva promesa de que, una vez que llegáramos a Sydney, haríamos una carrera rápida al refugio de animales para satisfacer el deseo de Mary Lou de un nuevo 'Robinson'. La sugerencia de un nuevo 'Robinson' fue todo lo que necesitábamos para el viaje por carretera de regreso a Sydney.

Pasa el tiempo, y Mary Lou se gradúa de la Universidad de Nueva Gales del Sur. Mientras se prepara para ir a Chicago, EE. UU., para su nuevo trabajo, Bella me dice: "Me sorprende que no te hayas desmayado cuando el Dr. Kildare te dijo que Robinson no era un gato, sino una rata de bolsa de Gambia".

No, puedo decir con orgullo que no me desmayé. Puedo decir que fui lo suficientemente intrigante como para deshacerme de la rata de bolsa de Gambia y terminar contándole al lector esta enorme historia en menos de 1,000 palabras.

UNA CENA SUNTUOSA

Mientras la nieve cae y cubre nuestro patio delantero, me siento en mi oficina observando el parque al otro lado de la calle. Está lleno de niños de todas las edades, jugando y disfrutando de la brisa invernal en sus mejillas sonrosadas.

Mi esposa, Bella, está en la cocina trabajando en el acto de amor que realiza todos los días, los 364 días del año, y este día más, el 365. Es la más especial de todas: *Nochebuena*.

Nochebuena es la palabra en español para la víspera de Navidad. En España, América Latina y Filipinas, la velada consiste en una cena familiar tradicional. El cerdo asado o el lechón es a menudo el foco de la Nochebuena para los banquetes alrededor del mundo.

Mi esposa hace que 'Nochebuena' sea lo más cubano posible, pero ahora ha tenido que incorporar cuatro nacionalidades adicionales a la mezcla a medida que nuestra familia ha crecido y se ha extendido a lo largo de los años.

Los sabores caribeños emergen de las diversas ollas, cocinando los frijoles negros, el arroz amarillo y la yuca, que me traen recuerdos de infancia de hace muchos años.

Al rociar el lechón con una mezcla de ajo, sal, pimienta negra, comino, orégano y cilantro, ya llena la cocina de un fantástico olor aromático.

Un popurrí de carne asada con sémola cremosa de champiñones y soufflé de camote evoca ese dulce sentimiento sureño para mi hija estadounidense y mis dos nietos nacidos en Miami, Florida.

Ya podemos empezar a sentir nuestros labios aleteando mientras la sémola se revuelve en la olla con los champiñones.

Ahora el horno será compartido por el lechón y el resto de los componentes australianos de esta comida: el jamón y el pavo, convirtiéndolo en la trifecta de la comida.

Por supuesto, el plato final de nacionalidad está listo. Un gran plato de 'timpana' maltesa que toda madre maltesa ha aprendido a cocinar, transmitiendo su propia receta de generación en generación en esta pequeña isla paradisíaca.

Si a esto le añadimos la obligatoria ración de langostinos australianos antes de las comidas, tenemos la abrumadora sensación de que la Nochebuena ya está aquí y lista para despegar en nuestra casa familiar.

Nos sentamos alrededor de la gran mesa del comedor. Toda la comida está ahora frente a nuestros ojos hambrientos y las sonrisas orgullosas de mi gran chef y esposa, quien nuevamente ha superado todas nuestras expectativas.

Nos damos cuenta de que la noche ha caído sobre nosotros. A través de las luces del porche, vemos la nieve cayendo y creando pequeños montículos en el suelo helado; la nieve también se rocía sobre las ramas desnudas de los árboles. Esta sensación acogedora nos permite disfrutar de la comida junto con un buen vino australiano y sidra española, haciendo que toda esta comida reconfortante sea aún más deliciosa de disfrutar y compartir.

Mi esposa sabe cómo hacer que estos platos que complacen a la multitud sean tan deliciosos de disfrutar, sirviendo porciones que requieren un esfuerzo de limpieza mínimo, para que incluso los nietos puedan recoger y limpiar la mesa.

Los hombres más viejos se vuelven inútiles debido al licor, y el triptófano del pavo se consume con el estómago vacío, incapacitando así a estos especímenes machos fornidos y musculosos. Se convierten en gnomos tontos y somnolientos que deben desabrocharse los pantalones mientras están sentados en el sofá de la sala de estar y en los sillones reclinables.

Cuando los hombres se despiertan, nos sentamos alrededor de la chimenea a beber una copa de jerez, otra delicia de España, pero con el nombre de crema Harvey Bristol, no creerías que viene de ese país. Todos sonreímos y estamos de acuerdo. Tuvimos una cena suntuosa.

UN GANAR-GANAR

Mabel's Pancake House es legendaria en el centro de Centerville, Georgia. Quizás te preguntes por qué Centreville es famoso, además de por la Casa de Panqueques de Mabel.

Pues bien, mientras exploraba Georgia, Hernando de Soto pasó por lo que hoy se conoce como Centreville, una zona que cruza el río Quechan y la actual línea fronteriza oriental de los límites de la ciudad. Un marcador histórico en los terrenos del juzgado conmemora su visita. El palacio de justicia del condado de Wilcox, construido en 1903, figura en el Registro Nacional de Lugares Históricos. Centreville, famosa por su gran población de cerdos salvajes, es apodada "Capital de los cerdos salvajes de Georgia". Celebra el Festival Anual del Cerdo Salvaje de Centreville en mayo, con comida, artes y artesanías, música en vivo y varios concursos. Uno de estos concursos es el concurso de comer panqueques al mediodía en Mabel's.

Así fue como terminé en la cárcel. El periódico local de la ciudad, el Centreville Voice, me ha mostrado en la primera plana como el "chico-local-que-se-ha-malvado". Dios mío, ¿por qué dijeron eso?

Mi día comenzó como probablemente comienza el tuyo. Mi disposición alegre habitual estaba en su lugar mientras realizaba mi rutina matutina de ducharme y afeitarme. Leo el Centreville Voice con mi taza de café en el porche de mi casa, mientras observo a la gente prepararse para sus tareas diarias.

Como sheriff de policía retirado de Centreville (que tiene una población de 2,908 habitantes, sin contar los jabalíes), la población se había portado bien conmigo. Después de 34 años de haber sido elegido para este cargo, mantengo a casi todos contentos y nuestros crímenes nunca han aumentado más que el vandalismo, como el día en que Billy Joe Royal pintó con aerosol el auto del anciano Butler con crema de afeitar. '¿Por qué?', te preguntarás. Simplemente porque Billy Joe cree en el dicho de Halloween de "truco o trato" y como Billy Joe no recibió golosinas, el viejo Butler obtuvo su truco.

Mientras saboreo mi café, leo que se acerca el Festival Anual del Cerdo Salvaje de Centreville. Los panqueques de Mabel son mundialmente conocidos (con el "mundo" aquí definido como no más allá del supermercado Hoglet en West Main Street y la farmacia Low en East Main Street). Si pasas por cualquiera de estos lugares ubicados en Centreville, bueno, te perdiste Centreville.

Mi antigua oficina, en East Main Street, entre Cemetery Road y Prison Road (que, por supuesto, te lleva al Centro Correccional de Centreville, de ahí el nombre de la calle) hace que sea fácil de encontrar para la gente, pero estoy divagando.

Volviendo a los panqueques de Mabel... Nunca he participado en el concurso anual, pero sé que es divertido por haber sido juez varias veces en el pasado. Así que pensé que este año me convendría unirme. El premio es un año de desayuno en Mabel's (entendiendo que solo puedes comer hasta $8.99, impuestos incluidos, para no arruinar el banco de Mabel). Solo cortesía común, ya sabes.

El concurso es fácil. Come tantos panqueques como puedas en 10 minutos, sin detenerte a mojarlos con leche, café, agua o cualquier otro tipo de líquido. El jarabe de arce acompañará a los flapjacks. Puedes agregar tanto jarabe de arce como desees, y mantequilla en abundancia si lo deseas, y si eres uno de esos dandis elegantes, crema. Siendo viudo, me imagino que un desayuno gratis durante los próximos 365 días sería una excelente manera de comenzar el día, conocer a mis antiguos electores y darme una razón para levantarme de la cama. Además, también podría ahorrar dinero cancelando mi suscripción a Centreville Voice, ya que Mabel recibe varias copias cada día, de domingo a sábado.

Entonces, reviso la fecha del concurso y descubro que solo tengo ocho días para esperar hasta el gran día. Empiezo mi régimen de adaptar mi ritmo al desayuno no comiendo tanto la noche anterior, y nada más que mi taza de café por la mañana. La estrategia que he adoptado hace que cada día sienta que me estoy volviendo más hambriento.

Esta estrategia ofrece los resultados esperados ya que, en la mañana del concurso, estoy hambriento y podría haberme comido un cerdo salvaje si deambulara por mi jardín delantero. No, creo que podría haberme comido dos de los cerdos salvajes si hubieran entrado.

Cuando llego a Mabel's, me doy cuenta de la competencia. El ganador del año pasado, Bobby Ray Millán, está allí. Es todo sonrisas, pensando que volverá a desayunar gratis un año más.

Sherman Wilcox, el peluquero local, también participa, pero no hay forma de que pueda ganar: su circunferencia ya está en el punto máximo. Apenas podía entrar por la puerta principal de Mabel.

Shirley Williamson, la profesora de inglés de la escuela secundaria, se ha unido este año después del aliento de todo el equipo de fútbol. Ya sabes, ella podría tener una oportunidad porque es tan delgada como un riel: debe levantarse dos veces para hacer una sombra. Eso podría ser suficiente para convertirla en una contendiente.

Luego, por supuesto, el ayudante del sheriff de Centreville, Jimmy Tate Patrick, nacido y criado en Centreville. Maldita sea, conocía a su papá desde que fuimos a la escuela secundaria local, hace mucho tiempo, así que me imagino que también es otro buen contendiente.

Este año, como siempre, hay tres jueces. La señorita Mabel, por supuesto, es siempre una jueza. También lo es el honorable juez Darius Lee Rocker. Él siempre ha sido un dolor de cabeza, ya que es muy estricto con los puntos finos de la ley, mientras que yo soy un poco más, digamos, discreto, en el manejo de los asuntos de la ciudad. Luego está el nuevo sheriff, Garland Heywood Kemper, un urbanita de Atlanta, que solicitó el puesto y lo consiguió de todos modos, ya que es amigo del juez.

Entonces, al mediodía, estamos sentados en un banco grande y largo, con solo un tenedor, un cuchillo y mucho jarabe de arce y mantequilla. Podemos oler los panqueques y ver a Reba Scarlet Walden cocinando suficientes panqueques para alimentar tanto a todo el equipo de fútbol de la escuela secundaria como a toda la congregación de la iglesia bautista de Centreville.

El juez Kemper baja la bandera y comienza la carrera. Mi estrategia es simple, aflojarme el cinturón y comenzar a comer. Panqueques, almíbar, panqueques, mantequilla, panqueques, mantequilla y almíbar. Hago una mezcla de este patrón, no para contar, sino para comer y comer hasta que el premio sea mío. Puedo sentirlo en mi estómago (perdón por el juego de palabras).

Sin mirar nunca el reloj de pared, antes de que me dé cuenta, el juez Kemper grita: "¡Alto! ¡Bifurcaciones hacia abajo!" Han pasado los diez minutos más rápidos de mi vida, así que me enderezo un poco la camisa, me la meto y me abrocho el cinturón una vez más. Espero que mi nombre se anuncie como el del ganador y pueda cobrar mi premio.

Como te podrás imaginar, perdí la cuenta de la cantidad de panqueques que había comido. Lo hice, pero sabía que había ganado. Los tres jueces deliberan durante lo que parece una eternidad y regresan con un veredicto: Jimmy Tate Patrick es el ganador. Bueno, seguro que me sentí robado.

Me levanté para exigir un recuento, sin darme cuenta de que el mantel se había enredado con mi cinturón. Toda la mesa de panqueques, jarabe de arce y mantequilla se derramó sobre los tres jueces, convirtiendo a Garland Heywood Kemper en un sheriff infeliz. Estaba tan descontento que me esposa y me lleva al juzgado, donde el juez Darius Lee Rocker me impuso una sentencia de 30 días por crear una molestia pública.

Bueno, no gané el concurso de panqueques del Festival del Cerdo Salvaje de Centreville ni el desayuno gratis de un año, pero recibí comidas para 30 días en el Centro Correccional de Centreville. Entonces, ¿un ganar-ganar, no crees?

SOLA

Dijeron que no podía suceder. Profetizaron la gran tribulación y no la creyeron. Oh, ellos dijeron que el Fin de los Días vendría, pero no aceptaron su verdad. Entonces sucedió.

Le quitó todo a María en un instante. Vio el hongo gigante y supo que iba a ser el final de todo. No habría futuro para ella. Estaba sola, lo sabía. La última de su especie que sobrevivió al hongo hecho por el hombre que llovió del cielo sobre su tierra. Todo lo que tenía, sus padres, su marido, sus hijos, su gente, su futuro, todo se había ido en ese instante, como si ni siquiera hubieran nacido.

Sabía que no podía haber sobrevivientes, y estaba convencida de algo: ahora estaba sola para siempre. Mary estaba sentada en la oscuridad de su casa, como si flotara en un mar oscuro con solo las estrellas que se veían a través de la ventana del porche delantero, sola.

Una de las formas en que llenaba sus días era con tareas alrededor de la pequeña choza que construía, manteniéndose ocupada, con la mente inmersa en otras cosas. Pero, cuando llegaba la noche... el sentimiento se hacía peor. Estaba sola.

Los veranos también eran terribles, pero al menos podía sentarse junto al río que corría a lo largo de su pequeña choza y ver cómo las corrientes le traían una pequeña sonrisa de vez en cuando. Pero cuando llegaron los inviernos y el río se congeló... las noches, eran peores.

"Sola" es todo lo que María podía pensar. Estaba sola. Nada podría haber sobrevivido a la explosión. Pero entonces llamaron a la puerta de su casa...

CHARLOTTE

Mi dulce vecina de unos meses, la Sra. Jo, había tomado una decisión importante en su vida. Había decidido que era hora de mudarse, reducir su espacio para ser exactos, y vender la mayoría de sus pertenencias, baratijas, curiosidades y otros artículos que había coleccionado a lo largo de los años.

Mi primer encuentro con la Sra. Jo fue cuando me mudé a su lado y me invitó a tomar té y bollos. Era una dama encantadora y elegante, así que acepté, sabiendo de antemano por los vecinos del otro lado de la calle que era una excelente pastelera. También me habían dicho que podía ser peculiar. Sin embargo, no me di cuenta de lo peculiar que era hasta que entré en su salón y vi al menos 1.000 muñecas de todos los tamaños, modas, texturas y estilos.

Mientras estábamos sentados en su salón, la Sra. Jo me contó historias sobre las muñecas. Cuando las compró, quién le dio cuál y, por supuesto, su favorita: Charlotte.

"Cuando la encontré en la tienda local, llevaba un hermoso vestido con un corpiño con cordones, una bonita enagua y bragas ribeteadas de encaje hasta la rodilla. Incluso tenía un elegante par de botas con cordones color crema y leonado", dijo la Sra. Jo.

"Era una ganga", exclamó la señora Jo. "La compré por $10.50 dólares en la tienda local, y desde entonces ha sido mi favorita".

La Sra. Jo continuó su letanía de amor hacia la muñeca, diciendo que colocó a Charlotte en una pequeña silla de dormitorio en su habitación, luciendo tranquila y triste. Incluso, llegó a confesar que deseaba que Charlotte estuviera viva para poder hablar con ella.

Era una historia encantadora, que disfruté incluso más de lo que pude disfrutar de mi tercer, ¿o quizá fue mi cuarto, bollo?

Entonces la Sra. Jo soltó una bomba. "Venderé todas las muñecas en las próximas semanas, pero quiero que tengas a Charlotte. Sé que será una compañera increíble para ti".

Al principio, me quedé asombrado, pero luego sentí una cálida sensación al saber que este tesoro en el que la Sra. Jo pensaba tanto sería mío, y me sentí honrado. Así que acepté. Tomé a Charlotte en mis brazos y la llevé al seno de mi casa.

Jo solo tardó cuatro semanas en vender todas sus pertenencias, baratijas, curiosidades y otros artículos que había coleccionado a lo largo de los años, así como todas sus muñecas. Al cabo de otra semana, había vendido su casa. Al cabo de un mes, me encontraba en el porche de mi casa saludando a la Sra. Jo mientras salía de su casa en búsqueda de "nuevas aventuras", como ella lo llamaba.

Pasaron unos días y pensé en las veces que solía ver a la anciana Sra. Jo regando sus flores o corriendo detrás de su vieja gata, Beauty, que salía corriendo por la puerta principal cada vez que podía. "Asustada por los fantasmas", pensé, y sonreí para mis adentros. Al final, Beauty siempre era encontrada y traída de vuelta en los brazos acunados de la Sra. Jo a su casa.

Transcurrieron algunas semanas más y se desencadenaron los acontecimientos más infaustos. Mientras miraba la televisión en la planta baja, escuchaba voces que salían de mi habitación en el piso de arriba. Nunca tenía más de un televisor encendido a la vez, y rara vez me olvidaba de apagar uno u otro, así que estaba desconcertado en cuanto a la procedencia de las voces.

Cada vez que las escuchaba me encontraba abajo,

pero cuando subía y entraba en mi dormitorio, no se escuchaban voces. No había televisión encendida, ni radio. Todo lo que encontrabas era a Charlotte, sentada en el diván junto a mi cama, donde la Sra. Jo me sugirió que colocara la muñeca.

Con el tiempo dejé de investigar las voces, pero luego sucedieron cosas aún más extrañas.

Mientras dormía hasta altas horas de la noche, las mismas voces me despertaban. Pero tan pronto como abría los ojos y encendía la luz de la mesita de noche, no había nada. La televisión no estaba encendida, la radio no estaba encendida y nunca llevé mi teléfono móvil a la habitación. Por lo tanto, no podría haber sido alguien llamando o un mensaje entrando en el buzón de voz.

Extraño.

Estos sucesos se prolongaron durante unos meses hasta que oí las voces, encendí la luz de la mesita de noche y (no creas que había estado bebiendo esa noche) podría jurar que Charlotte se había movido del diván a la silla junto a mi cama.

Ahora bien, era posible que la última vez que vi la televisión en el diván, hubiera movido la muñeca a la silla y me hubiera olvidado de volver a colocarla.

Sí, tenía que ser así.
La volví a poner en el diván y me volví a dormir.

Pasaron unas horas, y de nuevo unas voces me sobresaltaron y me despertaron. Esta vez volví a encender las luces rápidamente y me di cuenta de que Charlotte nuevamente no estaba en el diván, sino en la silla junto a mi cama. Ahora, no creo en los fantasmas ni en estar poseído, pero recordé haber tomado la muñeca de la silla y haberla colocado en el diván, apagar las luces e irme a la cama.

Repetí el proceso y traté de dormir unos minutos más antes del amanecer. Justo antes del amanecer, unas voces llegaron a mis oídos, tan cerca, como susurradas, y me volví para encontrar a Charlotte en la cama conmigo. Cuando salté de la cama, los bejeezus me asustaron. Me pareció ver una sonrisa en la cara de la muñeca.

Un afeitado y una ducha rápida, y a las 9:01 a.m. estoy en la tienda local dejando a Charlotte. Desde entonces, no escuché más voces en la casa. Me pregunté si las otras 999 muñecas que la Sra. Jo había regalado a sus nuevos dueños tenían el mismo efecto en ellos.

Yo, por mi parte, no estoy dispuesto a encontrar la respuesta, ni a encontrar a la Sra. Jo de nuevo.

CAMARADERÍA

Ismael Fernández creció en Wilcox, Idaho, un pueblo de setecientos veintiún habitantes rodeado de altas plantas de lúpulo y bajos campos de alfalfa. Vivía con sus abuelos en una casa construida en un terreno donde su abuelo, un veterano de la guerra de Vietnam, solía recoger remolachas y cebollas.

Como cosas de la vida, ambos abuelos perecieron en un accidente agrícola que llevó a Ismael al orfanato cercano en Roxbury, Idaho.

Cuando Ismael llegó al orfanato, inspeccionó el gran dormitorio que tenía más de 100 camas, todas alineadas en dos filas que parecían durar para siempre. Se acomodó en su cama individual en el extremo norte del edificio y notó el flujo de niños de edad similar a la suya mientras caminaban hacia el dormitorio. Se encontró en un mundo diferente al que una vez tuvo en Wilcox.

Los muchachos se agrupaban en dos categorías muy distintas. Una de ellas comprendía rostros muy morenos, y la otra comprendía rostros más pálidos y blancos, cada uno de ellos mirándose con desconfianza.

Ismael se quedó estupefacto ante el ambiente que se respiraba en la habitación mientras se acomodaban en sus camas. Las caras marrones estaban en el lado norte del edificio, mientras que las caras blancas estaban en el lado sur del edificio.

Al caer el crepúsculo, todos los muchachos sintieron que la sombría sensación del sueño se apoderaba de ellos. Al igual que Ismael.

Debía de haber pasado una hora, cuando Ismael oyó voces susurrantes a su alrededor, el crujido de las sábanas y muchas caritas morenas que se levantaban de sus camas. Comenzaron a mover sus camas en montones de somieres, colchones y almohadas, en una hermosa pared.

Cada minuto los niños se detenían a escuchar para asegurarse de que nadie se había dado cuenta de la actividad, cosa que ellos no habían hecho.

A medida que avanzaban, algunos de los niños sacaron varias cajas pequeñas de madera. Una vez que Ismael las vio abiertas, vio a la luz de la luna el espectro brillante de las canicas. Miles de canicas, de todos los tamaños y colores, estaban ante él en varias cajas, con todas las cajas colocadas a dos pies detrás de los marcos de las camas, los colchones y las almohadas volcadas.

Ismael guardó silencio y dejó que los muchachos de cara morena siguieran levantando lo que parecía ser una fortaleza detrás del muro protector. Entonces vio una cosa muy asombrosa.

Varios muchachos se habían subido a los hombros de los demás y se estiraban por encima de ellos. Abrieron el panel en el techo bajo para revelar entre 20 y 30 cascos de parrilla, que bajaron, y comenzaron a distribuirlos.

Ismael recibió un casco destartalado que aún mostraba manchas de pintura vieja, mezcladas con barro y hierba, y lo que incluso parecía sangre seca. Sin embargo, no dudó en seguir a los otros niños y se colocó dicho casco protector. Debió suponer que todos los cascos de los niños tenían un protector de seguridad, pero no era así. De nuevo, era un recién llegado y no estaba seguro de lo que iba a pasar.

Los muchachos terminaron y sus rostros morenos estaban tranquilos. Solo se oía la brisa moderada del exterior moviendo las ramas de los árboles cercanos.

"*¿Y ahora qué?*", pensó Ismael.

Con voces susurrantes, escuchó a un niño de rostro moreno, que parecía ser el líder, decirles a los demás: prepárense.

Los muchachos recogieron todas las canicas sueltas que pudieron sostener en sus diminutas manos y se colocaron detrás de la pared protectora. El líder de rostro moreno gritó: "¡Guerra!".

Cientos de canicas de todos los tamaños y colores salieron volando de las manos de los chicos, dirigiéndose hacia el oscuro lado sur de la habitación, y se desató el infierno.

Las canicas rebotaban en las paredes. Algunos dieron en el blanco ya que Ismael escuchó gritos y llantos.

El caos estaba ocurriendo frente a sus ojos, y atrapó a Ismael en medio de él. No estaba seguro de por qué estaba sucediendo, pero sintiendo la euforia de los muchachos de cara morena, él también recogió un puñado de canicas y las arrojó hacia víctimas invisibles.

De repente, Ismael sintió un golpe en la mejilla izquierda y cayó al suelo, dándose cuenta de que una canica lo había alcanzado por el fuego de respuesta. Los sorprendidos muchachos de rostro pálido se habían recuperado de la sorpresa y la conmoción inicial y habían recuperado canicas sueltas a su alrededor y las habían arrojado hacia el lado norte del edificio donde se habían originado.

Debieron de haber pasado cinco minutos como máximo, pero parecía que habían pasado horas cuando las luces del dormitorio se encendieron y mostraron a tres de las matronas más grandes que Ismael había visto en su vida.

Gritaban órdenes y se metían en medio de la batalla, deteniendo toda actividad.

Frotándose la mejilla izquierda y sintiendo que se desarrollaba un ligero bulto, Ismael examinó el resultado del esfuerzo de la noche y quedó asombrado.

Todas las paredes estaban abolladas, con pequeñas hendiduras donde habían caído sus misiles. Había ventanales rotos a ambos lados de la habitación y cristales por todo el suelo, lo que aseguraba que los que tuvieran la mala suerte de pisarlos consiguieran un par de buenos cortes.

Las matronas lograron el orden, obligando a todos los niños (tanto de cara morena como de cara blanca) a ponerse de pie y mirarse unos a otros. Las dos filas de rostros de los chicos tenían una mirada seria. Cuando las matronas se dieron la vuelta para dirigirse a sus habitaciones, Ismael pudo ver sonrisas que aparecían a ambos lados de los pasillos. Los muchachos se dieron cuenta de que no eran enemigos, sino que la "guerra" había creado un "incidente" con el que las matronas tendrían que lidiar, costoso también, pero que los había unido por una vez.

A partir de ese incidente, Ismael vio cómo la atmósfera cambiaba en el orfanato cuando los niños de cara morena y blanca chocaban entre sí en el pasillo. No peleaban, pero habían encontrado camaradería.

FLORES CORTADAS

Eres para mí como la amarilis porque eres más digna que la belleza.

Mi vida contigo es como el antulio por la felicidad que me traes.

El aster representa la paciencia que muestras para todas mis locuras.

Mientras que el crisantemo personifica la fidelidad de tu amor por mí.

Gracias por traer todo esto a mi vida.

En un jarrón de flores cortadas.

GRACIAS GUMAN

A simple vista se veían fácilmente las siete luces. La multitud reunida en el área de recepción del Observatorio Parkes en Nueva Gales del Sur (NSW) estaba tensa, esperando que el orador principal subiera al podio y se dirigiera a ellos.

"Lo único que puedo expresar es nuestro asombro ante este asunto," declaró el Dr. Frederick Gilmore, del Observatorio Parkes.

Estaba de pie en el área de recepción del observatorio, donde un grupo de una veintena de periodistas y varios miembros del personal de la organización se habían reunido para examinar y hacer preguntas sobre el fenómeno que tuvo lugar sobre los cielos de Northport, Nueva Gales del Sur.

"Mis colegas, la doctora Emilia Simpson, del Observatorio Paul Wild, y el doctor Michael Smith, del Observatorio Siding Spring, están de acuerdo conmigo. Nuestros telescopios no penetran en la neblina oscura lo suficiente como para permitirnos ver las luces con más detalle," continuó diciendo.

“Doctor Gilmore, soy Peter Lawrence, del Sydney Gazette. ¿Qué pasa con otros observatorios mundiales? ¿Son capaces de ver más que nosotros?”

“Hemos estado en contacto con el Gran Telescopio Canarias en las Islas Canarias, el más grande del mundo, así como con el Observatorio Mauna Kea en Hawái, Estados Unidos, donde se encuentran Keck 1 y Keck 2, y también con el Observatorio Paranal en Chile. Todos ellos también están perplejos por este acontecimiento.”

“Dr. Gilmore, ¿cómo es posible que podamos ver las luces a simple vista y, sin embargo, nuestros telescopios no puedan ver más que nuestros ojos?” preguntó Peter Crayford del Daily Bugle.

Paul Fontanilla, de la Fundación de Investigación Bíblica Arqueológica, interrumpió la conversación con su pregunta:

“Dr. Gilmore, ¿cree usted que los sonidos emitidos por las estrellas son la voz de un ser supremo que intenta comunicarse con nosotros?”

Otro entrevistador gritó:

“Dr. Gilmore, ¿podrían ser naves alienígenas que intentan comunicarse con nosotros en algún idioma desconocido, o una variación de un idioma que no entendemos?”

"Dr. Gilmore," gritó Abigail Kent, de la Sociedad Astronómica de Brisbane, "por favor, denos algo que podamos compartir con nuestros lectores, ¡cualquier cosa!"

Los periodistas seguían haciéndole al Dr. Gilmore un aluvión de preguntas. En un rincón lejano, sosteniendo una fregona, había un conserje de 69 años llamado Alfie Tindall, un anciano aborigen de la tribu Gundungurra. Era un individuo más bien bajo y fornido que, aunque andrajoso por las furias del tiempo, tenía una mente tan aguda como la de cualquier joven. A medida que escuchaba más preguntas que le hacían al Dr. Gilmore, Alfie recordó que su abuelo Guman le contó una historia cuando era increíblemente joven.

"Alfie, hace mucho tiempo, cuando no había nada. Aparecieron los siete birrung (estrellas), y aparecieron el bamal (tierra), badu (agua), burra (cielo), guwing (sol), yanada (luna) y el warriwul (Vía Láctea), donde antes no había nada, y todo estaba bien," se detuvo por un momento y luego continuó: "Entonces apareció el dimaru (árbol), luego el garuma (besugo negro) nadó en el badu (agua). Entonces se veían los ngurra (nidos de pájaros) y todos los diferentes binyang (pájaros) se podían ver reunidos en la burra, como si estuvieran en armonía con la naturaleza."

Alfie escuchaba y Guman continuaba con su historia:

"Entonces, Alfie, cuando el bamal fue formando el mundo, vio el primer burumin (zarigüeya) y wumbat (wombat). Entonces los siete birrung aparecieron aún más brillantes en la burra, y grandes sonidos de murungal (truenos) resonaron por doquier y destellos de enormes mungi (relámpagos) iluminaron el cielo, haciendo que todo en la tierra, el mar y el cielo se detuviera en asombro."

Cuando era niño, Alfie escuchaba a su abuelo contar estas historias, y estaba fascinado por la colorida historia que su abuelo había tejido para él, ya sea para entretenerlo o para dormirlo hasta altas horas de la noche. Pero una cosa que recordaba con certeza eran las dos últimas partes de la historia.

"Mi joven nieto," dijo su Guman, "la primera dyin (mujer), vio las siete estrellas y escuchó las siete luces que le hablaban con una voz que ella entendió. No sabía cómo, pero era melódico, suave. Luego dio gracias a las siete estrellas por todo lo que le habían dado y se alegraron por ella," Guman continuó: "A medida que la primera dyin veía más y más de su tierra, su cielo, su agua y sus animales, pensó que le gustaría tener a alguien con quien compartir todas esas cosas hermosas. El dyin habló con las siete estrellas y pidió una gamarada (camarada). Las siete estrellas le respondieron, diciéndole que, en su lugar, tendría una mula (hombre). Sabía que compartiría todas sus cosas con él. Juntos se convirtieron en dyinmang (esposa) y mulamang (esposo). Tendrían muchas duruninang (hijas) y muchos durung (hijos), y la tierra se llenaría durante muchos años con sus descendientes."

Su abuelo continuaba su historia solemnemente, lo que tomó a Alfie por sorpresa, pero sabía, incluso a una edad tan temprana, que algo terrible había sucedido.

"Alfie, cuando la dyin se convirtió en una dyinuragang (anciana), también se convirtió en una mubi (plañidera en un funeral), pero no para su esposo sino para las siete estrellas, porque habían desaparecido y ella sabía lo que eso significaba. Alfie, mi joven damali (tocayo), significaba que el mundo se acabaría cuando las estrellas volvieran a aparecer y si la descendencia no podía hablarles."

Alfie percibió una calma en la multitud y vio que la gente se dispersaba solemnemente, como si no se hubieran dado respuestas satisfactorias, a pesar de la cantidad de preguntas que habían hecho. Luego se acercó al Dr. Gilmore y le preguntó:

"Dr. Gilmore, ¿ha enviado un mensaje a las siete estrellas de alguna manera?"

La pregunta tomó por sorpresa al doctor Gilmore, pero Alfie había hecho una pregunta válida. Él respondió:

"Sí, hemos transmitido a las estrellas un mensaje de bienvenida en los 195 idiomas del mundo. Pero no, no hemos recibido respuesta."

"Cómo están enviando estos mensajes?" preguntó.

Con aspecto demacrado pero paciente, el Dr. Gilmore le respondió a Alfie:

"Contamos con un telescopio de ondas de radio aquí en Parkes, donde usted habla y automáticamente este dispositivo traduce sus palabras en señales de radio. Estas señales son transmitidas en cuestión de segundos a las siete estrellas en cuestión. Mantenemos el telescopio activo las veinticuatro horas del día, aguardando cualquier tipo de respuesta, por más mínima que sea. Si no hay nadie presente cuando se recibe un mensaje, este se registra, traduce y se imprime a través de la impresora correspondiente."

"Oh, está bien. Ya veo," dijo Alfie, recogiendo su fregona y continuando con sus quehaceres diarios.

El observatorio cerraría pronto. El doctor Gilmore sonrió al ver que el anciano se alejaba, y pensó: *"¡Bueno, al menos hizo mejores preguntas que todos esos malditos reporteros!"* Luego caminó hacia su oficina para terminar el día.

A medida que el personal del observatorio salía del edificio y la luz se atenuaba en todas las oficinas y áreas comunes, el hombre bajo y fornido se movió sin ser visto entre las sombras. Se dirigió hacia el departamento de telescopios y abrió las puertas. Al no ver a nadie allí, entró y cerró la puerta detrás de él.

Se acercó al telescopio y cogió el micrófono. Respiró hondo, se relajó y empezó a hablar en el idioma del primer dyin, recordando todo lo que su abuelo le había dicho y todo lo que su madre también le había enseñado de joven. Habló durante lo que pareció toda una vida. Habló con elocuencia, describiendo el mundo en el que vivían todos los humanos, cómo los humanos trataban de preservarlo (a veces no demasiado bien) y lo mucho que les importaba a los humanos. Alfie hizo hincapié en lo mucho que les importaba a los humanos. No estaba seguro de por qué; era algo que sentía y quería que las Siete Estrellas supieran. Esperaba que eso fuera lo que las siete estrellas querían escuchar. Era solo su corazón el que hablaba.

Después de veinte minutos, Alfie dejó el micrófono y se quedó a la espera, aguardando por una respuesta. No estaba seguro de cuánto tiempo tardaría en obtenerla.

Alfie se levantó, pensando que había fracasado en su intento de ayudar al resto de la humanidad, hasta que los altavoces del telescopio de ondas de radio emitieron un mensaje en un idioma desconocido.

Alfie lo oyó, pero no pudo entenderlo. ¿Qué significaba todo esto?

Los impresores cobraron vida, materializando las peculiares palabras habladas. Alfie miró la impresión y leyó el mensaje: *"Nuestros hijos. Estamos encantados de saber de ustedes. Nos alegramos mucho. Solo queríamos saber si estaban bien. Las palabras pronunciadas por la primera mujer fueron recibidas y comprendidas. Les respondemos en otro idioma antiguo. Esperamos que sepan que siempre serán parte de nosotros. Hasta siempre. Madre".*

Alfie sonrió y se preguntó qué pensaría el doctor Gilmore de aquello.

Abandonó discretamente el departamento de telescopios. Al salir del Observatorio Parkes, miró hacia el cielo nocturno y notó que las siete estrellas ya no estaban allí. Su misión estaba cumplida. Se subió a su coche y se dirigió a casa. Dio las gracias a su guman por la historia contada hace mucho tiempo.

Su historia podría haber salvado a la Tierra.

RECUERDO

Nos reunimos en el Westin alrededor de las 5; Yo llegué a tiempo, pero tú no.

Puede ser que no lo recuerdes.

Caminamos por el muelle y cenamos solos.

Había música para que la escucháramos.

Puede ser que no lo recuerdes.

Esas deslumbrantes lunas de enero. Me alegra el corazón saber que lo recordarás de la manera en que yo lo recuerdo.

Cuántas veces pienso en esa noche.

¿Llevabas un vestido azul o era blanco?

Puede ser que no lo recuerdes.

Qué joven eras, qué fuerte era yo. Me sentí como un príncipe en tus brazos.

Ahora, a medida que las nubes en nuestras mentes se acumulan con más fuerza y los recuerdos se desvanecen, les digo:

Recuerdo.

SUERTE DE HERENCIA

La carta que me entregó el abogado de mi difunto tío no puede ser más que una excentricidad. Según la misiva, mi difunto tío me ha legado una cuantiosa suma de dinero con la condición de que me case con la primera doncella que encuentre en la calle. Con escepticismo, me dirijo a la oficina del abogado en el distrito financiero de Northport para verificar la autenticidad de tan peculiar enunciado.

Habiendo confirmado la validez de la carta, me siento fuera de su oficina y espero hasta el anochecer, reflexionando no solo sobre con quién podría encontrarme en la calle, sino también sobre el dilema de qué rumbo tomar.

Si elijo Bond Street, todos los individuos de la calle serán banqueros. No puedo imaginar cómo será la vida casado con alguien de ese ámbito. Eso no servirá.

En cambio, Broadway Street, en la zona artística de la ciudad, podría depararme con una chica de teatro. Una actriz en la familia sería, sin duda, algo con lo que no estoy dispuesto a lidiar.

La elección de Harlequin Street también está fuera de discusión. La calle está llena de librerías, floristerías y quioscos de prensa. ¿Te imaginas a alguien de la familia con esas horas de trabajo? Eso no sería suficiente.

La elección de Downing Street encapsularía todas las posibilidades en la arena de la política, algo que no deseo en mi vida. Ya conoces a ese tipo de personas, políticos que estrechan tu mano antes de una elección y retiran su confianza después. Eso está fuera de discusión.

Así que decidí que la calle más segura es Bright Street, llamada así en el siglo pasado por las lámparas de gas que adornan ambos lados de su prístino pavimento empedrado, que todavía en esta era moderna debe encenderse a mano cada primera hora de la tarde. Allí encontraría una doncella atractiva a la que acercarme para luego pedirle que se cese conmigo.

Al anochecer y, por suerte, en lo que sólo puedo llamar "suerte de herencia", llego a Bright Street sin que nadie me vea. Mientras camino por el guante de las luces de gas encendidas, sopla un viento fuerte y todas las luces se apagan.

La negrura me envuelve.

Mientras sigo caminando, no veo a nadie. No puedo ver mi mano frente a mí. Está tan oscuro con todas las luces de gas apagadas.

Mi viaje es ahora un proceso lento. No quiero tropezar y hacerme daño. Tampoco quiero tropezar con nada que pueda tener un borde afilado y cortarme.

Las dos cosas que espero en mi viaje para cumplir mi tarea, según lo prescrito por el testamento de mi difunto tío, son que una doncella atractiva aparezca lo antes posible; y segundo, que no entre en el camino del cementerio y encuentre a alguien allí.

MI VIDA COMO GEMELO

A menudo me preguntan cómo es mi vida como gemelo. Ser gemelo tiene sus beneficios, pero también viene con un conjunto exclusivo de reglas. Ya sea que hicieran todo juntos o que fueran gemelos independientes mientras crecían, hay reglas que los distinguirán.

Permítanme describir algunas reglas.

En ninguna circunstancia debes tener una cita con una mujer que tu hermano se arregló y de la que ahora quiere salir.

Nunca hagan un cambio entre sus esposas. Ellas lo saben.

Por supuesto, las pequeñas reglas simples se pueden doblar un poco. Puedes, por ejemplo, mostrar las fotos de tu bebé y niño pequeño y decirle a la gente que eres el guapo.

Tus amigos te aseguran que pueden ver las fotos y pueden decir quién es quién. Te puedo decir que no va a suceder.

Al crecer, los gemelos siempre están siendo probados. Tus amigos te ponen a prueba a ti y a tu hermano para ver si tienes poderes telepáticos. No lo hacemos, pero si mi hermano y yo dijéramos lo mismo simultáneamente, bueno, la mente de todos se quedaría boquiabierta. Esto también les sucede a los que no son gemelos, y no es gran cosa, pero cuando los gemelos lo hacen, wow, entonces es espeluznante.

Para que conste, cuando me preguntan si les jugamos malas pasadas a mis maestros, amigos y padres, la respuesta es sí. Pero cuando se nos pide de nuevo que contemos una historia sobre qué truco hicimos, no responderemos, porque los trucos eran tontos, aburridos y monótonos.

En el lado positivo, ser gemelo tiene algunas ventajas.

Pasar un día de compras con tu hermano es increíble, porque tu hermano puede probarte ropa cuando eres demasiado perezoso o no puedes ir a la tienda, y sabes que te quedará bien cuando te la traiga a casa.

¿Tienes dos entrevistas de trabajo el mismo día a las 10 de la mañana? No hay problema. Tú puedes ir a uno, y tu hermano puede ir a la otra. Sencillo.

En las fiestas, muchas veces me preguntan cómo se siente ser gemelo, a menudo con mi hermano parado a mi lado. Les he respondido: “No lo sé. Es adoptado”, la expresión en el rostro de la persona no tiene precio.

Pero la mejor parte de ser gemelo es que no puedes imaginar cómo sería tu vida sin tu hermano como tu compañero en el crimen.

MI PÁJARO FAVORITO

No puedo decir que haya fricciones entre mi suegra y yo. Sin embargo, hay momentos en los que la vieja hacha de guerra puede hacerme perder los estribos con su persuasión y sus comentarios sarcásticos sobre mi físico, mi trabajo y mi disposición general.

Sin embargo, lo aguanto, porque a la primera señal de resistencia, comienza la Tercera Guerra Mundial, y molesta a mi esposa y a los niños. Así que sonrío y lo soporto. Hasta el día en que esa dulce venganza vino en mi ayuda.

Estamos en una comida típica de fin de semana y la anciana está en uno de sus mejores momentos de tortura verbal. Mi esposa dice que necesita salir corriendo a la tienda de comestibles y tomar un par de cosas que faltan para el almuerzo. Así que se mete en la camioneta, con los niños a cuestas, y la vieja hacha de guerra se queda conmigo. No hay forma de que mi esposa se quede sin cosas; pienso para mis adentros. Lo único que quería era paz por un momento, y por eso me dejó a merced de mi tortura.

Unos diez minutos después de la partida de mi esposa, escucho tap-tap-tap-tap-tap-tap en la casa y me pregunto qué demonios es.

La vieja bruja también escuchó el tap-tap-tap-tap-tap-tap-tap. Cada minuto, el golpeteo se repite.

Tap-tap-tap-tap-tap-tap-tap.

Tap-tap-tap-tap-tap-tap-tap.

Tap-tap-tap-tap-tap-tap-tap.

La vieja bruja preguntó: "¿Oyes ese infernal 'tap-tap-tap-tap-tap-tap-tap'? ¿Hay alguien en la puerta principal?

Al abrir la puerta y mirar afuera, no veo a nadie. Le dije que no y lo dejé así.

El golpeteo continúa y la anciana ahora se está volviendo loca, yendo de habitación en habitación, y buscando el demoníaco 'tap-tap-tap-tap-tap-tap' Buscó por toda la planta baja.

Los golpes continuaban.

Luego bajó tambaleándose hasta el sótano. Pero, de nuevo, no hubo suerte.

Los golpes continuaban.

Adopta un enfoque tipo Sir Edmund Hillary y se aventura hacia las habitaciones. Me llamó para que me uniera a ella diciendo: "¡Basta de que no hagas nada! Levántate aquí y ayúdame a encontrar este sonido insoportable"'.

Así que lo hice.

Mientras ella sigue buscando de habitación en habitación, el golpeteo persiste. Puedo escucharla murmurar para sí misma, maldecir y abrir puertas en vano. Mirando por la ventana del dormitorio principal, veo la fuente del sonido repetitivo (tap-tap-tap-tap-tap-tap) que se escucha a cierta distancia.

Pienso para mis adentros, ese pájaro carpintero es mi ave favorita en el mundo.

Me quedo callado y sonrío.

SIN RESOLVER

Los reporteros de televisión que competían entre sí corriendo a diestra y siniestra en el lugar de los hechos, cada uno tratando de colocarse a sí mismos y a su equipo de cámara en el mejor ángulo para presentar las noticias a su audiencia.

La policía también estaba ocupada con la cinta de la escena del crimen para acordonar el área, tratando de preservar la evidencia que pudieran de la contaminación de los reporteros (o de cualquiera de los espectadores que generalmente llegaban cuando había un desastre o un crimen).

Desde donde me encontraba, podía ver toda la escena: los espectadores, los reporteros, los coches patrulla de la policía y los detectives. Algunos detectives estaban de pie con blocs de notas, escribiendo los puntos claves para sus entrevistas, mientras que otros hablaban casualmente con otros oficiales, cada uno sabiendo que no había mucho que se pudiera hacer en una situación como esta. Me acerqué a los restos esparcidos en el suelo; a juzgar por lo que alcanzaba a ver, el cuerpo era masculino. No fue difícil deducirlo, considerando que estaba desnudo y solo llevaba un guante rosa. Sí, eso es por lo que me convertí en detective, ¿de acuerdo?

Un cuerpo había salido volando por la ventana del edificio de apartamentos del piso 12. Solo tres cosas podrían hacer que eso sucediera: suicidio, accidente o asesinato.

Entonces, antes de que comience la investigación, reviso la hora: 11:30 PM. Iba a ser tarde, sin duda.

Al dirigirme al ascensor, encontré la puerta del apartamento 1204 abierta, con un oficial uniformado en la entrada para mantener alejados a cualquier intruso no deseado. Mostré mi placa de detective. El oficial uniformado solo asintió y me dejó entrar sin dudarlo.

Los investigadores de la escena del crimen estaban peinando la zona.

Vi la sala de estar común del apartamento, bien presentada, bien organizada y limpia como un silbato. Nada estaba fuera de lugar, excepto el marco inclinado de un solo velero en un mar en calma, mostrando que la puerta de la caja fuerte de la pared estaba abierta.

Después de que uno de los investigadores de la escena del crimen terminara de desempolvar la caja fuerte en busca de huellas, me acerqué a la puerta de la caja fuerte. Usando mi bolígrafo, lo abrí más y eché un vistazo al contenido dentro de ella.

Después de hurgar con mi bolígrafo, noté diez pilas de billetes de $ 100 cuidadosamente agrupados en lo que parecían ser 100 billetes por pila. Era suficiente dinero para comprar ese Audi Q5 2.0 Sport que había estado mirando en línea, con unos pocos dólares de sobra para llevar a su esposa a una buena cena. Estaba todo bien envuelto.

La caja fuerte también contenía un pequeño joyero cerrado, un pequeño estuche de plástico transparente que contenía unosciento veinte Krugerrands (con un valor aproximado de 156.000 dólares según los precios actuales, por lo que pude deducir). Un surtido de papeles también estaba apilado ordenadamente, al parecer intacto, con un solitario guante rosa.

De acuerdo, teníamos un buen botín considerable para que cualquier ladrón profesional, semiprofesional o aficionado se fuera, pero nada parecía perturbado.

Una revisión rápida de las habitaciones restantes del apartamento reflejó las mismas condiciones. La puerta corredera del balcón estaba abierta en el salón, mientras que el dormitorio principal y los otros dos dormitorios estaban impecables, la cocina estaba inmaculada y los baños brillaban como si nadie viviera allí. O este tipo tenía fobia a los gérmenes, o un gran servicio de limpieza de la casa venía todos los días.

Como detective principal, reuní a las tropas y conseguí la primicia sobre el dueño de la morada.

"Michael Pennyworth, jefe ejecutivo," dijo el detective Charlie Pride, un veterano de seis años de la brigada de homicidios trabaja para uno de los fondos de riqueza del CBD. "Muy apreciado por los demás inquilinos. Entró alrededor de las 9 de la noche, según el portero, y nadie entró después hasta la medianoche, cuando el portero cerró la puerta principal a todos los visitantes, excepto a los inquilinos que tienen una llave electrónica."

"Pero dijo que nadie entró hasta que llegó la policía," dijo el oficial Jamie Tennant, quien había sido el primero en llegar a las 10:30 p.m.

"De acuerdo, Charlie. Tú y los detectives Scanlon, Rodrigues, Estevez y Huang reciben los informes. Luego, esperen a que la gente de la escena del crimen revise todos sus datos y me informe mañana. Además, todos ustedes continúen entrevistando a los inquilinos del edificio, sí, a los sesenta y cuatro inquilinos, y a cualquier persona que se quede con ellos esta noche. Quiero que todo esté listo por la mañana," dije, mientras salía por la puerta, señalando a la detective Sally Flint para que me acompañara al pasillo.

Una vez en el pasillo le ordeno:

" Flint, necesito que hagas un inventario de todas las cosas en la caja fuerte esta noche. Luego, quiero que obtengas la mayor cantidad de información posible sobre la empresa, los directores, compañeros de trabajo y cualquier persona en la vida personal de Pennyworth (familia, amigos, amantes), y cualquier cosa que consideres apropiada para nuestra investigación. Nos reuniremos en mi oficina a las 5 p.m. y repasaremos todos los hechos que tenemos con el resto del equipo. El equipo forense debería estar completo para entonces."

"Claro, jefe," dijo Flint.

Echando un vistazo a mi reloj, vi la hora. Genial, 3 de la madrugada. Seguramente despertaría a Bella cuando entrara. Pero luego se acostumbró, y los niños estaban todos fuera de la casa, así que tal vez no lo haga, pensé para mis adentros.

Conducía de regreso a casa para obtener algunas horas de sueño cuando no pude dejar de pensar en el cuerpo desnudo de Pennyworth con un guante rosa y el segundo guante rosa en la caja fuerte. ¿Qué podría significar?

A las 5 de la tarde, el escuadrón se reunió en la sala de conferencias y discutió todos los detalles del caso.

En primer lugar, y lo más importante, no había huellas en el apartamento que no fueran las de Pennyworth, por lo que, o bien no tenía visitas o, si las tenía, las habían borrado.

En segundo lugar, no parecía que hubieran robado nada, descartando la hipótesis de robo.

En tercer lugar, no había ninguna nota de suicidio. Además, ¿por qué Pennyworth abriría la caja fuerte, se quitaría toda la ropa, se pondría un guante rosa, dejaría el otro en la caja fuerte, dejaría la puerta de la caja fuerte abierta, abriría la puerta corredera del balcón y se iría al más allá?

En cuarto lugar, las cámaras de circuito cerrado de televisión mostraron que Pennyworth llegó a las 9:01 p.m. (tal como dijo el portero) y nadie más entró hasta que el oficial Tennant respondió a la llamada a las 10:30 p.m., seguido por el resto de la fuerza policial que investigaba el incidente, incluyéndome a mí, a las 11:34 p.m.

Quinto, Pennyworth no tuvo actividad inusual en sus tarjetas de crédito o cuentas bancarias las semanas previas a su fallecimiento. Su trabajo también continuó siendo ordinario y no inusual ni en el contenido de su trabajo ni en sus reuniones de trabajo, según las conversiones que Flint tuvo con su jefe y compañeros de trabajo.

En sexto lugar, Pennyworth, aunque era eficiente en su trabajo, no tenía testamento escrito. Pero, de nuevo, según Flint, tampoco tenía parientes vivos, por lo que tampoco había sospechosos allí a los que perseguir.

Este caso requeriría una investigación en profundidad de todas las posibilidades que no fueran las obvias: este fue el consenso del equipo. Por lo tanto, delegué más tareas al equipo de seguimiento y los insté a abordar el caso desde diferentes ángulos para tratar de encontrar soluciones.

Pasó el tiempo y, a los pocos meses, llegaron nuevos incidentes a la cartera del equipo de la plantilla para resolver. Las pistas sobre Pennyworth no habían revelado nada y eran tan frías como la nariz de un esquimal. A menos que apareciera alguna intervención milagrosa, esto se convertiría en un caso sin resolver.

Cuando habían pasado doce meses, el jefe me llamó a su oficina para repasar el estado del caso.

No tenía nada que informar. No habíamos tenido resultados en los últimos doce meses. Más de 15.000 horas de trabajo nos habían dejado en el mismo lugar donde habíamos empezado: en ninguna parte.

Entonces, el jefe me dijo que se había gastado suficiente tiempo, recursos y dinero en este caso y que era hora de cerrarlo, empaquetarlo y enviar todos los archivos a la instalación de almacenamiento de casos sin resolver. Allí, los últimos momentos de la vida del Sr. Michael Pennyworth quedarían registrados, retenidos y sin resolver.

MI LUGAR FAVORITO DE VACACIONES

Desde que era un niño pequeño, he sido un entusiasta fanático de la Navidad. Para mí, la Navidad es un lugar y un momento donde las personas se reúnen, a pesar de sus diferencias y de quiénes son.

La gente parece estar más contenta y feliz.

Ni siquiera la idea de aventurarme en los enloquecedores centros comerciales me angustia ni me enferma el tener que pensar de que todas las tiendas estén haciendo todo lo posible por vender, vender y vender. En cambio, veo a una multitud de personas llenas de alegría mientras pasan tiempo con amigos, familiares y seres queridos.

La Navidad parece sacar lo mejor de las personas.

Muchos extraños en otras épocas del año ni siquiera mirarían a otro, pero durante esta temporada los saludos navideños parecen salir volando de sus bocas tan fácilmente.

Mi lugar favorito de vacaciones durante el período navideño tiene que ser mi casa.

Mi refugio preferido durante las festividades siempre ha sido mi hogar. Desde mi infancia, disfrutaba observando a mis padres decorar la casa con entusiasmo, debatir alegremente sobre la mejor forma de preparar la cena, y luego, después del festín, recorrer el vecindario para admirar cómo los vecinos adornaban sus hogares.

La Navidad es la mejor fiesta, porque solo por un rato todo el mundo cree en lo imposible.

No hay conflictos, no hay guerras, no hay hambre, no hay enfermedades. Eso es lo que deseamos, con la esperanza de que en esta ocasión podamos tener la suerte de conseguir nuestro deseo.

Espero que la gente pueda tomar algo de ese espíritu navideño y hacer que se sienta durante todo el año. La Navidad es una época para reunir a la gente y estar en casa, y por eso es mi lugar favorito de vacaciones.

Dios mío, soy ingenuo.

MIS VECINOS

Convivo con muchos vecinos, algunos de los cuales conozco más a fondo que a otros. En la puerta principal de mi tienda, cuelga un modesto timbre que suena cada vez que un visitante cruza el umbral. Aunque dista de ser un sistema de seguridad avanzado según los estándares actuales, resulta bastante eficaz para alertarme de la entrada de alguien.

Sin embargo, hoy no es un día común. Entre los variopintos individuos que deambulan por aquí cada semana, destaca una presencia especial. Su belleza es innegable, y algo en su mirada me detiene en seco. Su cabello exhibe una mezcla de colores deslumbrantes: blanco, naranja y negro, una combinación que me cautiva al instante. Siento el deseo irrefrenable de acercarme, de experimentar su proximidad.

Esta mujer emana una personalidad ardiente y de voluntad fuerte, con un temperamento que destaca entre la multitud. Su actitud, por así llamarlo, me atrae de manera irremediable. ¿Me estoy convirtiendo en un admirador apasionado? ¿Perdiendo el control de mis instintos?

Llámame como quieras; sé que muchos lo harían. No puedo evitarlo. La suerte me sonríe al tener una peluquería de mascotas justo al lado de mi tienda, y la llegada de esta mujer con un encantador calicó ilumina mi día. Aunque mi trabajo como cazador de roedores puede ser solitario durante las noches, la presencia de esta humana y su adorable mascota hace que mi jornada resuene con un ronroneo perfecto.

ESTÁ VACÍO

No nos aprecian. Nunca. No importa en qué estación del año (invierno, primavera, verano u otoño) no nos aprecian.

Trabajar como agente de la Administración de Seguridad en el Transporte (TSA, por sus siglas en inglés) en un aeropuerto importante de los EE. UU. puede ser una decepción.

En primer lugar, la gente piensa que te estás yendo de viaje cuando dices: "Quítate los zapatos. Vamos", ¿te excitarías con algo como esta frase? Claro que no.

Luego está cuando puedes pasar la "varita mágica" sobre el cuerpo de una persona como si dijeras: "Mira, lo que encontré. ¡Te tengo!"

Claro que no.

Pero lo que debe ser la emoción más sorprendente y espectacular que tenemos los agentes de la TSA es cuando vamos a registrar el equipaje de mano de un individuo.

Muchas cosas extrañas vienen con la descripción de nuestro trabajo.

Tratamos de no sonreír, porque si lo hiciéramos, nos reiríamos todo el tiempo.

Como la vez que inspeccioné al azar el equipaje de mano de una elegante señora mayor.

Mientras inspeccionaba la bolsa, clasifiqué su contenido.

Un librito negro.

Un pequeño espejo.

Un surtido de pañuelos que me recordaba a los viejos tiempos en los que un caballero tenía un pañuelo listo para que una dama lo usara en cualquier momento (como todos sabemos, esos días han quedado atrás).

Mientras reviso algunos otros artículos más pequeños, me doy cuenta de un pequeño joyero.

Cuando lo abro, ¡está vacío!

La señora inmediatamente dice:

"Oh, por favor, no dejes que el contenido se derrame."

La miro y le digo:

"La caja está vacía."

Lo mira y me sonríe como un gato de Cheshire.

"¡Sí, lo está!"

Volví a poner todo el contenido en su equipaje de mano, cerré la bolsa y se la devolví. Lo tomó, luego me saludó con la mano mientras toma el pasillo izquierdo hacia su puerta y sonríe.

Esta ocasión es solo uno de esos momentos extraños que tenemos mientras estamos en el trabajo. Entonces, pensé que todo se debía a la estación, la primavera; que trabajo en el aeropuerto y que fue mi día de suerte haber conocido a una señora que ahora estaba sentada en su asiento de avión diciéndose a sí misma:

"Está vacío."

MI PRÓXIMA AVENTURA

Ser garroteado hasta la muerte con cables no era mi idea de cómo quería que terminara mi vida. Así que corrí como un demonio. Quizás te preguntes cómo llegué a estar en esta situación. Fácil, no fue mi culpa. Rara vez lo era.

De profesión, trabajé en un gran banco del centro de la ciudad, en el centro de operaciones, ya sabes, la columna vertebral de la organización. Me aseguré de que todos los sistemas funcionaran como deberían, de que los activos de los clientes se contabilizaran al final de la noche y de que los débitos fueran iguales a los créditos, la base de la contabilidad.

Me desvié un poco de mi carrera diurna por la noche, ya que mis tendencias eran más hacia un trabajo sigiloso (o como les gusta llamarlo a los hombres y mujeres de azul, romper y entrar "B&E").

Ahora, yo no era el ladrón violento. No, me consideraba un caballero ladrón. Tuve cuidado de no perturbar la residencia o el establecimiento al que pudiera estar accediendo ilegalmente, y siempre cerrando detrás de mí, para no insinuar mi presencia.

Entonces, ¿cómo se juntaron estas dos trayectorias profesionales desviadas?

Un día, por pura casualidad, estaba revisando un código en la computadora de mi banquero, y una consulta sacó a relucir el hecho de que algunos de los clientes del banco estaban en el "lado rico" de la ecuación monetaria.

Frente a mis ojos, había cientos de nombres, direcciones, fuentes de ingresos y descripciones detalladas de activos, muchos activos. Encontré monedas raras y sellos postales antiguos, libros antiguos y pinturas. Todos con exquisitos signos de dólares asignados y tan fácilmente al alcance de la mano.

Pensé, ¿cómo es que todos estos individuos tienen estos maravillosos objetos esparcidos por todos los diferentes suburbios de Sydney? ¿No deberían estar en un lugar central para que pudiera apreciarlos mejor? Por ejemplo, ¿en algún lugar cercano, como el cobertizo de mi excuñado? Mi excuñado, Oscar, que estaba encarcelado por esos pequeños errores que todos cometemos, como llevar un arma a una tienda de conveniencia y mostrársela al empleado paquistaní, que estoy seguro de que había visto una de esas antes.

En toda la confusión que siguió, la policía lo detuvo. Fue a juicio y recibió una sentencia de 15 años en la prisión de Goulburn. Solo había servido tres, ya que no apreció las insinuaciones que recibió de varios individuos amorosos, y escapó. Ahora vive, lo adivinaste, en Pakistán bajo el nombre del empleado de la tienda de conveniencia. Cómo se está saliendo con la suya es otra historia, así que déjame llevarte de vuelta a la mía.

Todos empezamos jóvenes, supongo. Sabes, tomé un lápiz en la escuela y se quedó en mi estuche. Saqué un libro de la biblioteca de la escuela para hacer un informe, pero luego se me "olvidó" devolverlo. Fui al consultorio del médico, firmé el papeleo del seguro y el bolígrafo se encontró en el bolsillo de mi camisa. Un simple choque con alguien y su billetera terminó en mi mano. Luego fue mi primer B&E, la librería de mi ex suegro.

Simplemente sucedió.

Una noche, mientras tomábamos un cóctel, alguien mencionó que estaban buscando una primera edición del Cancionero Swann *de 1803 de Jerome McKinley* y que no estaban dispuestos a pagar el precio de venta al público de 35.000 dólares, pero pagarían 17.000 dólares. Sabía que había un ejemplar de este tipo en una librería muy conocida.

Así que, antes de que pudieras escribirle un soneto a tu esposa, entré con cuidado en la librería de mi exsuegro, desarmé la alarma, tomé el libro, armé la alarma furiosa de nuevo y salí. Todo esto fue extremadamente fácil ya que tenía una llave de la tienda, conocía el código de alarma y sabía exactamente dónde estaba el libro. Me había asegurado de que estuviera en un lugar accesible la semana anterior.

Así que, durante menos de 20 minutos de trabajo, mi colchón se sintió un poco más abultado con 340 Edith Cowan's debajo, después de deshacerme del libro.

Después de esa experiencia, me di cuenta de una cosa: ser ladrón era divertido. Me gustó. Al igual que me encantaba trabajar en el centro de operaciones del banco.

Para dominar mi nuevo talento, sabía que necesitaba una educación. Así que, con mi nuevo alijo, poco a poco fui acumulando un montón de cerraduras de seguridad, manuales de sistemas electrónicos de vigilancia y alarma y otras necesidades para mi nueva carrera.

Con el pretexto de embarcarme en una carrera de escritor, visité muchas de las penitenciarías de mínima seguridad en Nueva Gales del Sur. Mi Ford GLi Sapphire de 1998 acumuló muchos kilómetros mientras viajaba desde el Centro Correccional de Berrima hasta el Centro Correccional de Tamworth (y puntos intermedios), entrevistando a los reclusos para ver qué era lo que hacían tan mal para que aceptaran una invitación a sus respectivos alojamientos. Por cierto, mi investigación me pareció fascinante, ya que nunca supe cuántas personas inocentes hay en los centros correccionales en estos días.

Con mi "investigación" completa, me sentí listo para dar el siguiente paso.

Un tal Sr. Franklin DeLario apareció en mi lista (una bonita foto que mostraba a un hombre de 70 años de aspecto distinguido) como el orgulloso propietario del anillo que el difunto John F. Kennedy había utilizado para proponerle matrimonio a la señorita Jacqueline Bouvier. Era un hermoso anillo de compromiso de esmeraldas de 2,84 quilates y diamantes de 2,88 quilates, que le costó al Sr. Kennedy un poco más de $ 1,000,000.00 en 1953. Elaborado por Van Cleef & Arpels, su diseño único hizo que el anillo se destacara, y la combinación de piedras baguette, detalles de diamantes y esmeraldas lo convirtieron en un anillo de compromiso emocionante y memorable.

Me enamoré de él cuando leí la tasación del seguro y su valor actual de $12,000,000.00. Sabía que lo convertiría en una excelente adición a cualquier jeque del petróleo que discrimine, a un tuhao de China continental o a un oligarca ruso.

Posteriormente, se preparó una visita al Sr. Franklin DeLario. Con mis nuevos conocimientos, descubrí que el Sr. DeLario vivía en una casa promedio, pero distinguida en Randwick. No era rica para algunos de los estándares de las otras casas en el área, pero tenía un césped bien cuidado que mostraba que el hombre tenía un gusto por las cosas hermosas de la vida.

Llegué con mi caja de pizza en una mano (pepperoni, en caso de que especularas), una hermosa peluca rubia (como Warhol), guantes y mi gorra de Cronulla Sharks (odio a los Sharks). Subí los escalones desde el jardín delantero hasta la puerta principal, donde inmediatamente me di cuenta de que el propietario había instalado el sistema de seguridad Maitland. No era el sistema más alto de la línea, pero tampoco estaba nada mal.

Al igual que en la mayoría de los sistemas de alarma modernos, cuando este sistema detectaba una intrusión, permitía que la alarma se desactivara durante un breve tiempo antes de llamar a la policía. Esta alarma también permitió el uso de transmisiones directas de sensores para activar el sistema.

Confuso, ¿verdad? Sí, era confuso si no sabías lo que estabas haciendo. Sin embargo, una simple reconfiguración de los cables exteriores fue el talón de Aquiles de este sistema, según William 'Shakes' Winford, que actualmente vive en las instalaciones de Tamworth, quien explicó cómo desactivarlo durante una de mis 'entrevistas'.

Sin embargo, la alarma no estaba armada. Interesante, pensé.

Ahora, para las cerraduras de las puertas delanteras.

El propietario de la casa había instalado la cerradura de cerrojo Hércules con llave cautiva HDC-HRC, asumiendo que esto y su alarma electrónica disuadirían a un ladrón. Seguramente lo harían, pero yo era mejor que el ladrón promedio del vecindario, y algunos giros con mis ganzúas fáciles de ocultar lo convirtieron en presa fácil para mí. Una vez más, lo suficientemente interesante, la puerta principal estaba abierta.

Fascinante.

Antes de estas acciones, me había asegurado de que no hubiera nadie en casa. Llamé al número de la casa dos veces en dos intervalos de 10 minutos, sin respuesta. Volví a tocar el timbre, dos veces, y de nuevo nadie se acercó a la puerta. A pesar de que había una luz solitaria en el dormitorio delantero de arriba, sabía que no había nadie en casa, o al menos, eso pensaba.

Llegué al dormitorio principal trasero y encontré, como hacen muchas personas después de creer que tienen su fortaleza asegurada, un pequeño joyero en la cómoda de la señorita, listo para que yo lo recogiera.

Al abrirlo, vi el anillo esplendoroso. Incluso por la luz de la luna que entraba por la ventana del dormitorio, irradiaba maravillosamente.

Cuando levanté el anillo de dicha caja y lo coloqué en el bolsillo delantero izquierdo de mi pantalón, una sombra apareció detrás de mí y sentí que un cable de metal me rodeaba el cuello.

Sorprendido, levanté la mano, empujé el alambre hacia arriba, corrí e inmediatamente tropecé con el cuerpo del señor DeLario tendido boca arriba, blanco como una caballa y frío. Alguien estaba de pie junto a mí con ojos amenazadores.

Como no había regateado esto, levanté mi pie derecho y, como si fuera una guía, golpeé la ingle de la sombra que soltó un gran "oof". Cayó de rodillas, sin esperar mi reacción. Lo empujé y se golpeó la cabeza contra la esquina del poste de la cama, noqueado.

Reuní mis pensamientos mientras el hombre sombra yacía allí, un tipo corpulento, pero no musculoso. Era de complexión mediana y no era material de ladrón de calidad o un asesino potencial según mi libro.

Bajé rápidamente las escaleras, dándome cuenta de que alguien había cometido un asesinato. Al darme cuenta de que me había olvidado de revisar los signos vitales del Sr. DeLario, volví a subir las escaleras y me aseguré de que estuviera bien. Coloqué el anillo en el bolsillo del hombre de las sombras.

La diferencia entre un ladrón caballero (mi caso) y un ladrón de gatos, es que el primero se pregunta cuándo el dueño o residente de la casa regresará, mientras que un ladrón de gatos entra cuando el dueño o residente está en la residencia, no se preocupan por una interrupción.

El hombre de la sombra era un ladrón de gatos que cometió un crimen. Yo era un caballero ladrón y un buen ciudadano. Al partir, hice una llamada anónima al 000 desde una de esas cosas raras en estos días, un teléfono público, e informé de una persona o personas sospechosas en la casa del Sr. DeLario.

A la mañana siguiente, la Gaceta de Sydney publicó un cuento en la página seis. La historia corta detallaba la captura de un ladrón de gatos por parte de un tal Sr. Franklin DeLario, quien recibió varias heridas mientras luchaba contra dicho ladrón de gatos, un hombre valiente. La policía de Nueva Gales del Sur no reportó el robo de artículos de la casa.

Después de leer la historia mientras desayunaba por la mañana en casa, me sentí de maravilla y me dirigí al trabajo. Sentado frente a mi computadora, revisé los archivos de los clientes del banco y me quedé allí reflexionando sobre cuál sería mi próxima aventura.

EL CAZADOR

Es gratificante saber que soy el mejor en lo que hago. Sé que lo soy.

En 2006, a la tierna edad de dieciséis años, los doctores Chittenango Pandrade y BS Stamatis del Instituto Nacional de Salud Mental y Neurociencias de Bengaluru (Bangalore), India, lo sabían. Se reunieron conmigo cuando visité la India con mis padres. Durante mi encuentro con estos maravillosos médicos, descubrí que soy un cazador.

Mi presa es pequeña, por lo que es difícil de recoger y encontrar. Sin embargo, mi perseverancia me permite alcanzar la cima de todo cazador del mundo: la captura de dicha presa.

Los médicos razonaron que hay algunos comportamientos habituales comunes que tienen todos los cazadores, sin importar cuál sea su origen socioeconómico. Por lo tanto, los cazadores de un nivel socioeconómico más bajo y los cazadores de una familia de clase media o de un hogar con mayores ingresos comparten esta destreza.

Los lectores aquí también tienen este rasgo, aunque lo niegues, lo ocultes o incluso descartes esta tendencia como una negación de la naturaleza. Lo diré aquí. Todos somos cazadores.

Algunos cazadores cogen su presa y se la comen al instante. Otros cazadores juegan con sus presas durante un rato, como si el momento de la captura fuera a permanecer para siempre en su mente.

Otros, una vez que la presa está entre sus dedos, la miran y se preguntan qué tan inteligente fueron al atrapar esta presa, porque sí, mi lector, esta presa es inteligente.

Siempre busco las capturas más comunes. El método de captura y liberación. Este es siempre el mejor método, sin importar el tamaño de la captura.

Lo hago rápido porque mi madre siempre me dice: “Peter, deja de hurgarte la nariz, es asqueroso”.

COSAS EXTRAÑAS ESTÁN SUCEDIENDO EN EL PANTANO DE OKEFENOKEE

Muchas personas pueden creer en fantasmas, espíritus, sombras o apariciones. Mucha gente lo hace, pero yo no.

Cuando era un niño pequeño que visitaba a mi abuela en Waycross, a unos 385 kilómetros al sur de Atlanta, tomé un camino equivocado. En algún momento de la muerte prematura de la noche, zigzagueé donde debería haber hecho zag (no había satélites de posicionamiento global en mis días de juventud) y me encontré en un viejo camino de tierra. Salí del coche y me quedé allí en una tierra prohibida: el pantano de Okefenokee.

Eso sí, esta no era mi primera visita a mi abuela. Con frecuencia me quedaba dormido en el asiento trasero mientras mi padre conducía su cupé Ford Custom Club de 1949 (que tenía un sistema de suspensión que, si pudieras cocinar dentro del coche, habrías revuelto huevos sin batirlos). Esta vez, sin embargo, estaba en camino a mi primer año en el Colegio Ambiental y Técnico Abierto Costero (COETC).

Yo no era un chico muy inteligente con los libros y me había enterado de que COETC ofrecía aprendizaje de servicio.

¿Qué era el aprendizaje-servicio?

Bueno, era un método de enseñanza y aprendizaje que combinaba contenido académico con servicio comunitario relevante. Tenías que hacer muchas actividades fuera del aula y aun así graduarte. Era una especie de título universitario para personas prácticas, pero no me voy a detener en mi historia original aquí, así que permítanme volver a ella.

Derivada de su nombre seminola, la "Tierra de la Tierra Temblorosa" era una mezcla de belleza y terror. En cuanto a la belleza, el Okefenokee tenía flores exóticas, entre ellas una gran cantidad de corazones flotantes, lirios y orquídeas raras. Los tupelos gigantes y los cipreses calvos, muchos de ellos adornados con musgo español, proporcionaban una belleza que ocultaba osos negros salvajes, gatos monteses, caimanes enormes y cuentos de fantasmas, espíritus, sombras y apariciones.

Mucha gente decía que los insectos extraños solo existían en el Okefenokee. Recordé que el viejo Leroy Barnacles-Smith me contó la historia, y cito aquí palabra por palabra: "¿Ves esa miel que está ahí arriba en el estante? Bueno, crucé mis abejas con insectos luminosos, para que pudieran ver cómo funcionan por la noche, y ahora me dan una doble cosecha de miel todos los años."

El pantano de Okefenokee fue un refugio para los indios nativos americanos, los esclavos que escaparon, los desertores durante la Guerra Civil y otros que buscaban ocultarse. Muchas personas murieron y sus cuerpos nunca fueron encontrados.

Pero la única historia que escuché de mi abuela fue la historia de Atticus 'Bubba' Humphries, el hombre sin cabeza.

Atticus 'Bubba' Humphries fue a pescar a lo largo de las vías de Parsons Creek, al comienzo del Okefenokee, cerca de Waycross. Se durmió una noche con los rieles como almohada. Apareció un tren, haciendo sonar su silbato frenéticamente, pero no hubo respuesta. Las ruedas de acero seguían rodando y el pobre Atticus, bueno, perdió la cabeza después de ese encuentro.

La leyenda cuenta que se podía ver el cuerpo caminando por los rieles por la noche, balanceando una linterna fantasma en busca de su cabeza. Mi abuela afirmó que mi abuelo fue en busca de la "sombra" una noche. Efectivamente, se acercó, de color blanco sólido y seis pies de altura, caminando directamente hacia el abuelo, quien disparó un tiro inútil antes de huir.

El cuento me hizo temer por mi vida, y pude oír a mi abuela diciéndose a sí misma: "¿A dónde se ha ido ese niño? Claro, como el cielo está arriba, está haciendo travesuras".

Tendría que estar de acuerdo con la abuela porque mientras estaba allí parado en el camino solitario, con nada más que pinos a ambos lados y la niebla más espesa que jamás hayas visto, preguntándome qué camino debería tomar, vi a Atticus 'Bubba' Humphries venir hacia mí.

Me subí a mi coche, pero no arrancaba, como si toda la energía de la batería se hubiera evaporado y se hubiera convertido en parte de la niebla.

Allí estaba él, señalándome con su largo dedo índice y agitándolo de izquierda a derecha como si dijera: "¿en qué dirección voy a encontrar mi cabeza?"

Continuó haciéndolo hasta que bajé la ventanilla y señalé a mi izquierda. Bajó el brazo y se adentró en el pantano, desapareciendo con la niebla.

Pasaron unos minutos y me quedé allí sentado, asombrado por lo que había sucedido. Reflexioné sobre mis declaraciones anteriores de que no había fantasmas, espíritus, sombras ni apariciones. Sin embargo, vi lo que vi. Si tuviera que contar esta historia, me considerarían otro de esos vagabundos del campo de Georgia con los que todo el mundo le dice a su hija que no se meta con él, y que seguro que no contemplaría el matrimonio en absoluto con gente como yo.

Pero vi lo que vi. Están sucediendo algunas cosas extrañas en el pantano de Okefenokee.

LAS CUATRO SHERLOCKS

Anname, Georgia, se encuentra al sur de su capital, Atlanta, a unos setenta kilómetros y tiene una población de 6.429 personas, repartidas por el centro de la ciudad. La población está compuesta por diez comunidades de diversos niveles socioeconómicos.

Permítanme presentarme. Mi nombre es Darius Owens, propietario del *Slippery Rock Bar and Grill*, abierto de martes a sábado desde las 11 a.m. hasta que el último cliente se vaya a casa.

Sentada conmigo este lunes por la noche para nuestra noche de póquer semanal, está Isabel González Gutiérrez de Maduro, propietaria de *Hair Necessities*, el único salón de peluquería para damas de la ciudad. Charlie Prudhomme, propietario de *Charlie's Flower Shop* y ex sheriff retirado de Anname, Kingston Wilford, también se sienta con nosotros.

Como el único propietario de un bar afroamericano en Anname, he visto muchos cambios en los muchos años que he vivido en Anname. Un flujo constante de diversidad ha llegado a nuestra ciudad, emigrando de otras partes del mundo (por ejemplo, Isabel es una madre soltera de Mariel Cuba y Charlie es de Atlanta, habiéndose mudado aquí con su socio, Robert, un abogado penalista en un gran bufete en Atlanta). El sheriff Kingston Roberts (lo llamamos King, por cierto) proviene de la tierra yanqui, Nueva York.

Conocemos a este consorcio de personajes como los Sherlocks de Anname, ya que hemos ayudado a la policía local a resolver uno de los dos incidentes menores en nuestra ciudad.

Notoriamente referido por el actual sheriff, Walton Cosgrave III, como los "idiotas" locales, parecía que lo habíamos convertido en nuestro improbable némesis y aliado combinados.

Nos metimos en este "trabajo de detective" por pura casualidad.

Hace unos meses, Charlie estaba en la mesa cuando mencionó que habían asignado a Robert a un caso que involucraba al recluso millonario, el hermano de Brian Hollingworth, Marcus, quien fue acusado de robar un valioso juego de botones propiedad del difunto Button Gwinnett. Eso es correcto, sí, el Button Gwinnett, el segundo firmante de la Declaración de Independencia en representación del Estado de Georgia. La colección de botones, encerrada en un estuche con tapa de cristal transparente, se expuso en una exposición en el antiguo ayuntamiento local durante los meses de junio y julio. Lo supe porque me tomé un tiempo libre, bajé al antiguo ayuntamiento y vi los botones grabados con un gran 'BG' en los siete.

Aprendí algunas cosas sobre este caso.

En primer lugar, no sabía que Button Gwinnett era el segundo firmante de la Declaración de Independencia (de todos modos, ¿quién recuerda a los que llegan de segundo?). En segundo lugar, no sabía que coleccionaba botones y, por último, que los botones eran cosa de coleccionistas y que tenían un valor.

Entonces, Charlie estaba compartiendo todo lo que sabe con el grupo de póquer cuando, por supuesto, surgieron preguntas.

Isabel: "¿Cuánto valen?"

King: "¿Por qué Marcus querría robarlos?"

Bromeé: "Sigamos jugando a las cartas. Deja que Walton se preocupe por eso."

Por mucho que habláramos durante el juego, la conversación siguió creciendo, como un crescendo durante la actuación de una orquesta. Siempre se dirigía al mismo tema, los botones. Tanto es así, que todos dejamos las cartas. Me acerqué al bar y nos compré una botella de Chivas Regal (dirijo un bar inteligente en caso de que se lo pregunten) y nos serví un trago a todos.

King: "Como hermano de Brian, Marcus heredaría los botones cuando Brian fallezca, y como todos conocemos a Marcus, aunque no está en la categoría de millonario como Brian, no le está yendo tan mal en el campo de la gestión de patrimonios".

Isabel: "Además, ¿no sería más fácil robarlos de la mansión de los Hollingworth, ya que los visita con frecuencia, tiene la llave del lugar y con qué propósito?"

Charlie: "Tal vez Marcus se está quedando sin dinero y necesita robárselos para reunir un paquete rápido, y pensó que nadie sospecharía de él. Pero junto con las huellas dactilares de Brian, las únicas otras huellas eran las de Marcus. Entonces, ¿quién más podría haberlo hecho?"

En ese momento, decidí intervenir: "King, si todavía fueras sheriff, ¿cómo harías para investigar el caso?"

King: "Bueno, hay tres puntos principales que cubrir: los medios, el motivo y la oportunidad. Marcus marcó todos menos uno, el motivo, así que eso me lleva a creer que alguien más tuvo algo que ver en este robo."

Una vez más, puse mi granito de arena: "Un par de puntos, el antiguo ayuntamiento no tiene circuito cerrado de televisión, rara vez está lleno de gente y no tiene guardias de seguridad, me parece que cualquiera podría haberlos tomado.'

Isabel: "Pero Darío, estás diciendo que cualquiera podría tomar los botones, incluso nosotros si quisiéramos. Pero en el estuche sólo estaban las huellas del hermano de Hollingsworth."

Charlie: "Buen punto, Isabel. Tal vez fue Brian quien se los llevó y quiso culpar a Marcus."

King: "Solo hay una manera de averiguarlo. ¿Por qué no visitamos a Brian Hollingsworth y vemos si podemos responder a eso por nosotros?"

De nuevo, intervine: "Espera, esto no va a sentar bien a Walton, nos verá como intrusos, y seguramente se sentirá ofendido contigo, King, en particular."

King: "Crucemos ese puente cuando lleguemos a él. ¿Qué hora es?"

Charlie: "Unos minutos después de las 7 de la tarde, ¿por qué?"

King: "No hay mejor momento que el presente. Vámonos".

Después de cerrar el bar, nos subimos al Cadillac rosa de Charlie. Sí, un Cadillac rosa de 1954, como el que tenía Elvis. Consumimos diez galones de gasolina para recorrer los tres kilómetros que separan el centro de la ciudad, donde estaba mi bar, en el pequeño enclave de Woodland Hills, donde el precio medio de una mansión era de 10.564.038

dólares y tenía una población de 237 habitantes. Ahora ya sabes dónde estaba el dinero en Anname.

Tras llamar al timbre, un mayordomo de semblante austero abrió la puerta, indagó sobre el motivo de nuestra visita y nos permitió entrar a la antesala. Al poco tiempo, regresó para guiarnos hacia la biblioteca de la mansión, donde encontramos al dueño de la casa, Hollingsworth, absorto en la lectura del Wall Street Journal en su portátil.

Brian: "Kingston, entra, mi buen hombre. Han pasado años desde la última vez que te vi y justo antes de que dispararas y te retiraras. ¿Cómo ha estado? Por favor, todos ustedes, tomen una silla."

Mientras nos sentamos en sillas de cuero increíblemente cómodas alrededor de Brian Hollingworth, King responde: "Estoy bastante bien, Brian. Permítanme presentarles a la Sra. Isabel González, al Sr. Charlie Prudhomme y al Sr. Darius Owens. Son amigos míos, y tenemos un par de preguntas sobre los botones robados, nos preguntamos si no te importaría responder por nosotros".

Brian: "¿No estás cruzando límites aquí? El sheriff Cosgrove se preguntará por qué estás tan involucrado en su caso y cuál es tu interés, Kingston"

Isabel: "Señor Hollingsworth, no veo ninguna razón para que su hermano quiera robar los botones".

Brian: “Sra. González, qué acento tan encantador tiene. ¿Podría preguntarle de dónde es su familia, tal vez de América del Sur?”

Isabel: “Un poco más cerca. Miami, o para ser exactos, Miami vía Cuba”.

Brian: "Un país hermoso. Visité allí muchas veces en la década de 1950 antes del incidente de Castro”.

Charlie: 'Sr. Hollingsworth, si fuese tan amable de responder a la pregunta de la Sra. González, por favor”.

Brian: “Oh, el conductor del Cadillac rosa. Te vi conducir en esa monstruosidad. Nunca me gustaron, ni siquiera cuando Elvis lo conducía".

Intervine y le pregunté: "Señor Hollingsworth, parece que usted evita la pregunta y dirige la conversación hacia otras áreas. ¿Por qué?”

Brian: "Oh, sí, el dueño del abrevadero local, el *Slippery Rock Bar and Grill,* nunca visito su establecimiento, aunque escucho algo de música country razonable en el lugar los viernes por la noche".

King: 'Brian, parece que te has desviado de la pregunta original que te presentó la Sra. Isabel. ¿Por qué?”

Brian: “Kingston, Kingston, mi viejo amigo. Sabes que ya no me aventuro a salir de mi casa. Se ha convertido en una gran carga para mí salir por la puerta principal y rara vez lo hago en estos días".

King: "¿Y por qué es eso, Brian?"

Brian: "Si tienes que preguntar, entonces no ves el potencial de enfermedades y dolencias afuera, o la posibilidad de un secuestro para pedir rescate, o simplemente la remota posibilidad de que te tropieces y caigas en el pavimento".

Charlie: "Sí, pero también podrías meterte en la bañera".

Brian: "Joven, yo no me baño como tú, un hombre se ducha".

King: "Brian, no te pongas irritable. Nos preguntamos por qué sigues eludiendo la pregunta".

Brian: "Kingston, te he dado la bienvenida a mi casa y me siento muy amenazado por ti y tus amigos y tus preguntas son simplemente intolerables. Así que te pido a ti y a tus amigos que te vayas".

Cuando Brian se levantó de su silla, Charlie notó que su bata revelaba una hermosa camisa bordada de Bamboo Cay para hombre. De repente, todos vemos los botones, los siete.

Isabel: "¡Mira, King, los botones, los botones!"

Brian se dio cuenta rápidamente de su lapsus de memoria y se envolvió la bata alrededor de la cintura. Exigió que nos fuéramos de inmediato.

Charlie: "No, todavía no. Tenemos que pedirte que abras tu bata y nos dejes ver los botones".

Brian: "Vete, o llamaré al sheriff Cosgrove".

King: "Sí, Brian, llama a Walton. Estoy seguro de que le gustaría hablar contigo de la apariencia mágica de los botones robados del antiguo ayuntamiento y de cómo están ahora cosidos en tu camisa". Al ver que no podía deshacerse de este momento y sabiendo que no tenía salida, Brian se hundió en su sillón y dejó escapar un gran suspiro.

Brian: "Bueno, también podrías llamar a Walton y pedirle que venga. Tal vez podamos aclarar esta situación".

King: "Antes de hacerlo, Brian, ¿por qué? ¿Por qué dejarías que la policía arrestara a Marcus y lo acusara de robo cuando sabías que era inocente?"

Brian: "Kingston, ¿recuerdas cuando éramos jóvenes y Marcus, tú y yo jugábamos en los terrenos de esta misma casa, y mi padre siempre se metía conmigo por cualquier razón que se le ocurriera, o incluso por maquillaje?"

King: "Sí, Brian. Recuerdo que siempre gravitaba hacia ti, pero no hacia Marcus".

Brian: "Marcus era su favorito. Marcus no podía equivocarse. A medida que crecíamos y fuimos a la universidad, nos metimos en el negocio familiar y gané mis millones, mientras que Marcus solo quería convertirse en asesor de gestión patrimonial y vivir con un salario, mi padre todavía no veía (ni quería ver) mi éxito. Quería ver solo el éxito de Marcus. Odié a Marcus por esto toda mi vida".

Isabel: "Pero, ¿por qué dejar que Marcus vaya a la cárcel por algo que no hizo, simplemente porque estabas enojado con tu padre y celoso de su atención hacia Marcus?"

Brian: "Porque, porque, ¿por qué no? Era algo sencillo de hacer y ejecutar. Una vez vi a Marcus coger la botonera sin guantes; siempre fue un tonto, tan loco por los botones, que nunca se dio cuenta del valor de ellos. Así que solo sabía que, además de mí, sus huellas dactilares eran las únicas que había en el caso. Esperé a que el personal de la casa se fuera temprano, como lo hacen el miércoles por la tarde, y conduje hasta el antiguo ayuntamiento. Me estacioné a unas cuadras de distancia y entré, sin que nadie me viera. Así que abrí el maletín, cogí los botones, los guardé en el bolsillo del pantalón y me dirigí a casa. Nadie se dio cuenta. A la mañana siguiente, alguien entró en el antiguo ayuntamiento para ver la exposición y notó que la vitrina estaba abierta. Alertaron a la policía. El resto ya lo sabía. El sheriff Cosgrove llegó a la conclusión de que era un hecho conocido que no salgo de casa debido a toda mi paranoia y fobias, por lo que no podía ser sospechoso. Además, nadie me vio y por qué iba a robarme los botones".

Cuando el sheriff Cosgrove llegó a la casa de Hollingsworth y vio lo que había ocurrido, estaba furioso. Nos subimos al Cadillac rosa de Charlie y nos adentramos en la noche, dejando que Cosgrove resolviera los problemas y asegurándonos de que el hermano correcto recibiera la culpa correcta por el crimen.

Al día siguiente, el periódico local publicó la siguiente noticia en primera plana: "Caso resuelto por el sheriff Walton Cosgrove III. Los botones vuelven al dueño".

El alguacil Walton Cosgrove III declaró que los ciudadanos del condado habían llamado su atención sobre algunos hechos y, después de un cuidadoso seguimiento por parte de su departamento, retiraron los cargos contra Marcus Hollingworth y lo liberaron de la custodia.

El artículo también afirmaba que el Sr. Brian Hollingsworth estaba ahora bajo terapia en un centro de Colorado especializado en trastornos de estrés, fobias y otras patologías mentales.

El alguacil Cosgrove llegó a la conclusión de que no había habido ningún delito y resolvió el caso.

Por supuesto, no se mencionó a los ciudadanos involucrados en la historia. Quiero decir, ¿quién ha oído hablar de cuatro Sherlocks resolviendo un caso?

LA NOTA

Caminar se ha convertido en uno de mis pasatiempos predilectos, y entre todas las opciones, deambular por la playa es, sin duda, la experiencia que más disfruto. Las gratas recompensas que aguardan al final de mis paseos culminan en el placer de saborear una copa de vino cuidadosamente seleccionada.

Hago la mayoría de mis caminatas por el paseo marítimo del pequeño y pintoresco pueblo pesquero de Marsaxlokk, en la parte sureste de Malta.

Conozco el malecón por sus exquisitos restaurantes de pescado. También tiene muchos pequeños bares, algunos elegantes y otros mugrientos, pero todos con una vista tranquila de las playas rocosas por las que Malta es tan conocida.

Mi mirada se fija en una choza elevada a rayas de caramelo con el apodo de "*Salty Máltese*". Solitaria en una franja de playa rocosa, parece susurrar mi nombre, invitándome a adentrarme y descubrir sus encantos.

Consta de una terraza con seis mesas y un pequeño bar en el exterior. Cuando miras dentro, puedes ver diez mesas adicionales con una barra mucho más grande.

Me siento adentro y agarro la mesa junto a la ventana, lo que me protege del sol mientras disfruto de la brisa fresca del exterior y del efecto refrescante del ventilador de techo.

Lo que creo que es lo mejor de ambos mundos: la vista exterior y el ambiente interior.

Como el aire que toca el mar en Malta tiene una salinidad que añade un sutil sabor salado a las uvas cultivadas aquí, saboreo uno de sus muchos sabores delicados.

Así que me pido una copa de vino blanco y miro lentamente a la gente que camina arriba y abajo por el paseo marítimo, ocupándose de sus asuntos.

Veo parejas jóvenes y ancianas cogidas de la mano.

El paseador ocasional de perros y los corredores siempre presentes conforman el paisaje, que parece repetirse a medida que más personas salen al paseo marítimo para disfrutar de la brisa y los colores de la tarde, mientras el sol y el cielo se mezclan.

Mis ojos siguen mirando de izquierda a derecha, y de repente la veo.

Pasea por el paseo marítimo con un vestido de estampado floral ruborizado con grandes flores, en tonos rosas, azules y rojos, con escote en V y tirantes con volantes. Un poco de fruncido a los lados agrega un toque femenino a la cintura ajustada, lo que la convierte en la mujer más hermosa que he visto en mi vida.

Su piel es de color canela claro, con cabello castaño rojizo oscuro que cuelga largo sobre los hombros, una cara en forma de corazón con labios deliciosos y una sonrisa que hará que cualquier hombre se desmaye. Sé que me desmayo cuando la veo.

Mientras la miro, ella mira a su izquierda, nuestros ojos se conectan y ambos sonreímos.

No sé cómo sucede, pero como por telepatía esta diosa entra en el "*Salty Maltese*" y se dirige a la barra, colocándose de tal manera que puede ver la entrada, las ventanas y mi mesa.

Mientras bebo un sorbo de vino, me doy cuenta de que está hablando con el camarero y asintiendo ligeramente con la cabeza en mi dirección. El camarero le da el mismo vino que yo estoy saboreando.

Le pido al camarero que traiga algunos aperitivos, ya que sé, por experiencia, que el vino y la comida no me sientan bien. Cuando el servidor se aleja, tomo mi decisión.

Saco mi pequeña libreta de direcciones del bolsillo izquierdo de mi abrigo, arranco una página en blanco de la parte posterior del libro y escribo mi nota. Lo doblo con cuidado, asegurándome de que los pliegues estén firmes y uniformes, y camino hacia la barra.

Acercarse a esta belleza es difícil. Mi experiencia con las mujeres ha sido promedio. No he sido mujeriego, ni tampoco monje ermitaño. Pero acercarme a esta mujer es un reto para mí.

Habiendo reunido mi coraje, me acerco a ella y me siento a su lado. Me presento y, por supuesto, lo más tonto sale de mi boca.

—Tienes un vestido tan hermoso. Mi madre tiene uno igual.

Qué desastre, pienso. Acabo de obtener una maestría en estupidez.

Sin embargo, ella se da la vuelta y con una sonrisa que cautiva solo dice: "Gracias. Mi nombre es Duminka."

Conversamos como si nos conociéramos desde hace mucho tiempo. En unos minutos, siento que, si hay alguien que me iguala, es ella.

El camarero se acerca con el plato de aperitivo y le pregunta si puede ponerlo en la barra. Entonces, me dirijo a Dominika y le pregunto si le gustaría sentarse junto a la ventana de mi mesa y ella responde que le encantaría.

Recogiendo su copa, la acompaño a la mesa, mientras el camarero coloca el aperitivo sobre la mesa y continuamos nuestra conversación.

Los minutos se convierten en horas y la cena está servida.

Después de la cena, alzamos nuestras copas, y la velada avanza con la gracia de un reloj detenido, como si el mismísimo Tiempo hubiera decidido concedernos, según la expresión popular, la eternidad en ese momento.

Después de haber bebido mucho, me excuso para usar las instalaciones. Vuelvo y encuentro a Duminda de pie en la terraza, mirando el hermoso cielo mediterráneo y un manto de estrellas en el cielo nocturno que uno pensaría que fueron colocadas allí solo para nosotros dos.

Estoy en una especie de trance, y no estoy seguro de cómo sucedió. Cuando llego, Duminka me tiende la mano. Lo alcanzo. Nuestros cuerpos se acercan cada vez más y mientras la miro profundamente a los ojos, le doy a Duminka el beso más dulce que un hombre puede darle a una mujer en sus labios.

Fue solo un beso, pero sabía que eso era todo.

Le doy mi nota.

Dominika lo toma y lo lee a través de la noche iluminada por la luna, sonríe y dice:

"Sí."

Dieciocho años después, seguimos casados y seguimos explorando el "*Salty Máltese*".

AL FINAL DEL LÍO

Usando las mecedoras en mi porche delantero, estoy compartiendo un dulce té de Long Island con mi buen amigo Ollie. Nos sentamos allí, observando parejas pasar, niños jugando en el parque al otro lado de la calle y los diversos autos que circulan cada diez minutos, llevando a la gente a sus hogares.

"Seguro que tienes un buen porche, Stan," dice Ollie, bebiendo y sonriendo a los niños que juegan en el parque.

"Gracias, Ollie. Cuando construí la casa, quería asegurarme de tener un porche bonito, largo y amplio para poder sentarme aquí en días como este y disfrutar del vecindario. Me alegro de que haya añadido un poco de coste a la construcción original."

"Bueno, Stan. Lo que sea que hayas pagado de más, valió la pena," dijo Ollie.

Mientras nos balanceamos lentamente de un lado a otro, Ollie señala el cielo sobre el parque y exclama:

"¿Qué demonios crees que es eso?"

Mientras miro hacia el cielo sin nubes, veo lo que solo puedo describir como un cubo enorme, que desciende lentamente y se dirige hacia el centro del parque. Los niños y sus padres también lo notan, corriendo lejos mientras el cubo aterriza suavemente.

Ollie y yo quedamos boquiabiertos, maravillados ante el espectáculo de cómo el colosal cubo aterriza con una suavidad asombrosa, sin siquiera perturbar una hoja de vidrio. Nos encontramos de pie en el porche, ansiosos por obtener una vista más clara, mientras pequeños puntos en el cielo se aproximan rápidamente hacia nosotros.

"Mira," dijo Ollie, "parece que los helicópteros de la policía o del ejército se dirigen hacia nosotros. Unos seis."

Miro hacia arriba y tengo que estar de acuerdo con Ollie. De hecho, los helicópteros se dirigen hacia la ubicación del cubo. Le digo nerviosamente:

"Ollie, creo que también vamos a tener que irnos. No estoy seguro de lo que va a pasar, pero no me voy a quedar."

Justo cuando termino mi declaración a Ollie, escuchamos un sonido que imita el zumbido del cubo grande. Aparece una gran abertura en el cubo, que solo puedo concluir que es una puerta o abertura. Ollie y yo vemos una figura que emerge lentamente del cubo. La figura mide unos dos metros de altura. Así de alto soy, pero lo que nos sorprende son los dos grandes hombres mecánicos (los llamo hombres porque así es como parecen) que vienen justo detrás de la figura. Son enormes. Miden al menos de tres a cuatro metros de altura con grandes patas, brazos y lo que parecen ser proyectiles en los hombros. Sus caras... bueno, no tienen rostro. Sus "caras" son un casco, pero no tienen ojos, nariz ni boca, a diferencia de la figura más pequeña que se encuentra frente a ellos.

Cuando la figura pone un pie en el suelo del parque, ambos hombres mecánicos toman su posición a la derecha y a la izquierda del cubo. El personaje camina directamente hacia Ollie y hacia mí. Mi instinto es volver corriendo al interior de la casa, cerrar la puerta y atrincherarme, y sin embargo, tanto Ollie como yo no nos movemos.

"¿Son Ollie Campbell y Stan Wilson?," pregunta la figura en perfecto inglés.

Aturdidos, miramos la figura y respondo antes de que Ollie pueda reaccionar.

"Sí, lo somos. ¿Tú quién eres?," le pregunto.

"En mi mundo se me conoce como el Parlamentario Uno, Nassirian. Pertenecemos a la Unión Planetaria y hemos estado observando el planeta Tierra durante más de un siglo. Creemos que están listos para ser parte de nuestra Unión. Os hemos seleccionado a ambos para que seáis embajadores de la Tierra en la Unión. Ollie Campbell se encargará de la representación de la Tierra en la Cámara de la Unión, mientras que tú, Stan Wilson, representarás a la

Tierra en el Congreso de la Unión," responde el Parlamentario Uno.

Tanto Ollie como yo nos quedamos en el porche, de nuevo aturdidos. Ahora podemos ver que los seis puntos se acercan y se hacen más grandes. Son helicópteros militares, suponemos por el sonido que hacen, y calculo que estarán aquí en menos de cinco minutos.

"Observe, Parlamentario Uno. Son helicópteros militares australianos, y estoy convencido de que tanto nuestro gobierno como nosotros estamos igualmente sorprendidos al verlos aterrizar frente a mi hogar. Será crucial mantener la calma y entablar un diálogo con ellos una vez que toquen tierra. Seguro tienen una multitud de preguntas," expreso con firmeza.

El Parlamentario Uno no dice ni una palabra. Se vuelve hacia el hombre mecánico que está a la izquierda del cubo y asiente. El hombre mecánico camina hacia la parte posterior del cubo fuera de mi vista, y escuchamos un fuerte sonido de "zumbido", como el viento soplando con fuerza. Ollie y yo vemos que los helicópteros ahora se balancean a izquierda y derecha en el cielo como si no tuvieran control. Luego, como por control remoto, todos los helicópteros invierten su rumbo hacia su punto de partida.

El Parlamentario Uno nos mira y dice:

"Es hora de que nos vayamos. La Unión está a la espera de recibir a los representantes de la Tierra y formalizar las relaciones diplomáticas."

"Espera," dice Ollie con ansiedad, "no estoy calificado para ser embajador del planeta Tierra. Tienes que elegir a otra persona."

"Estoy de acuerdo con Ollie," respondo. "No somos lo suficientemente inteligentes como para manejar las responsabilidades que usted sugiere para el mundo entero."

"Tonterías," dice el Parlamentario Uno. "Hemos estado enviando mensajes a la Tierra durante los últimos cien años y la única vez que recibimos una respuesta fue cuando ambos estaban acampando en las Montañas Azules y usaron su radio de onda corta para responder a nuestra llamada. ¿Te acuerdas de eso?," pregunta el Parlamentario Uno.

Mi mente se acelera y puedo ver la cara de Ollie con el movimiento de tratar de recordar ese momento. De repente, hace clic conmigo. Ollie y yo teníamos ocho y nueve años respectivamente, y habíamos ido a acampar con nuestros padres hacía unos sesenta años. Habíamos tomado el viejo transmisor de onda corta de mi padre. Recuerdo que nos sentamos cerca de una gran roca, levantamos la antena y nos sentamos durante unas horas simplemente apuntando a la estática. Entonces oímos una voz: "Llamando a la Tierra". Por supuesto, pensando que se trataba de algún guardabosques local, respondimos: "Son Ollie Campbell y Stan Wilson, señor. ¿Cómo estás?"

La voz nos dijo: "Ustedes son los elegidos. Por favor, espere a que lo recojan", después de lo cual no había nada más que la misma estática. No sabíamos lo que eso significaba y lo habíamos olvidado por completo, y más tarde esa noche nuestros padres vinieron a recogernos para regresar a casa.

"¿Eras tú? Le pregunto.

"Exacto," afirmó el Parlamentario Uno, "ese fue nuestro primer encuentro con el planeta Tierra. Al responder a nuestro llamado, los elegimos para ser los futuros embajadores de la Tierra. Ahora estamos aquí para llevarte a la Cámara de Representantes y al Congreso de la Unión Planetaria, donde desempeñarás el papel de representante de la Tierra."

Ahora, las sirenas de la policía se aproximan, creciendo en intensidad desde diversas direcciones. El sonido nos alerta de su proximidad. El Parlamentario Uno asiente hacia el hombre mecánico a la izquierda del cubo y se dirige al centro del parque. Lo observamos extender sus proyectiles hacia el cielo, y de repente, un silbido masivo llena el aire. Sin embargo, esta vez, presenciamos cómo lo que parece ser un globo transparente envuelve el cubo, abrazándolo junto con mi casa.

Los coches de policía se acercan, rugiendo hacia nosotros, cuando de repente sus coches parecen detenerse. Las sirenas se detienen, trayendo un silencio espeluznante a la escena. Los oficiales se bajan de sus patrullas y se acercan a nuestra casa y al cubo con cautela, pero luego se detienen. Hay un campo de fuerza que les impide pasar de cierto punto. El Parlamento Uno asiente, y los dos hombres mecánicos regresan a sus posiciones originales frente a la abertura del cubo.

"Señores, ¿están listos?" Pregunta el Parlamentario Uno.

"Denos unos minutos, diputado," le digo.

Ollie y yo nos retiramos a un rincón del porche y nos acurrucamos. Ollie me hace la pregunta que sé que le habría hecho si me hubiera adelantado:

"Bueno, ¿qué piensas?"

Lo pienso y digo en voz alta:

"Oye, Ollie. Considera esto: hay cerca de 200 naciones en este mundo, y aunque en general hacemos un trabajo decente, el mundo está hecho un desastre. ¿Cómo esperamos que uno de estos países sea un representante de la Tierra en la Unión Planetaria? Las Naciones Unidas también son una a la hora de resolver los problemas de nuestro mundo. Tampoco veo que envíen a un representante que haga un trabajo decente," le digo a Ollie.

“Ni tú ni yo somos políticos. Nunca hemos ocupado un cargo y no sabemos nada sobre cómo funciona la diplomacia. Podríamos arruinar las cosas para la Tierra,” añade Ollie.

“Es cierto, lo más probable es que cometamos errores. Sin embargo, también podríamos aprovechar la falta de prejuicios y aplicar un sentido común directo. Quién sabe, podríamos lograr un golpe diplomático que incluso los profesionales no podrían alcanzar. En mi caso, Ollie, estoy dispuesto a asumir el desafío.”

Ollie piensa por unos segundos y luego asiente con la cabeza y dice:

“¿Por qué no? ¿Qué podría ser lo peor que podría pasar?”

Mientras estamos de pie en nuestro pequeño espacio en la esquina del porche, escuchamos un fuerte ruido y vemos varios tanques militares rodeando el cubo. Sin embargo, no parece que vayan a penetrar en el campo de fuerza. Aparece un vehículo del ejército y se acerca lo más posible al campo de fuerza. Vemos a un oficial del ejército (asumimos que es un oficial del ejército debido a todas las insignias que vemos en su pecho), y nos saluda con la mano.

“Parlamentario Uno, ¿está bien que hablemos con ese hombre?” Le pregunto.

"Por supuesto, pero tienes menos de doce minutos de tu Tierra antes de que tengamos que partir si queremos hacer los primeros momentos de la reunión de la Unión Planetaria," dice.

Cuando nos acercamos al militar, lo oímos decir:

"Soy el general Marcus A. Holmes. ¿Qué demonios está pasando aquí?"

"Bien, señor general," dice Ollie, "este ser extraterrestre ha venido y nos ha invitado a mi amigo y a mí a representar a toda la humanidad en su Unión Planetaria. Hemos aceptado."

"No puedes hacer eso. Ustedes no son diplomáticos," dice el general.

"Estamos de acuerdo, y por eso aceptamos el cargo. Vamos a representar a la Unión Planetaria lo que espero que sea lo mejor de la humanidad y hacerles ver cuánto hemos progresado y cuánto más podemos lograr. Por favor, díganles a los líderes del mundo que cuando regresemos, esperamos que la humanidad haya alcanzado la paz mundial, porque esto es lo que les diremos a los representantes de todos estos planetas. Estoy seguro de que vendrán y se pondrán en contacto más tarde para introducir el comercio entre todos los mundos."

Sin esperar respuesta, ambos nos damos la vuelta y regresamos al Parlamentario Uno.

"¡Vamos, amigo!" Decimos al unísono.

Seguimos al Parlamentario Uno hasta el cubo, y los dos hombres mecánicos nos siguen. La abertura se cierra detrás de nosotros y el cubo asciende hacia el cielo.

Ollie y yo miramos por una ventana (a falta de una mejor descripción), y Ollie me dice:

"Bueno, Stan, este es otro buen lío en el que nos metiste."

¿Y TÚ?

Octubre, mi mes favorito. Un mes que trae el comienzo de la primavera en mi ciudad natal de Happy Valley, Nueva Gales del Sur. Las jacarandas florecen, y toda la zona se siente como si acabara de pasar una tormenta de nieve invernal, mientras el viento sopla los delicados pétalos de jacarandá en el suelo. Es una hermosa época del año.

Octubre también trae luna llena, y el Día de Todos los Santos (o Halloween, como se le conoce más comúnmente en Happy Valley) cuando llega la luna llena de primavera y trae sus propias apariciones.

El vecino de Happy Valley, Samueltown, tiene que lidiar con el fantasma de Frederick Fisher. Sin embargo, lo que muchos en Happy Valley desconocen es el peculiar impacto de la luna llena de octubre, un fenómeno que desencadena reencuentros inesperados.

Happy Valley tiene una ventaja sobre el fantasma de Samueltown: tenemos la Shaker Road Park House. Se dice que la casa está embrujada por Ray Bakestone, de 11 años, que se ahogó en una presa cercana el 5 de octubre de 1908. Cuenta la leyenda que su cuerpo sin vida fue llevado de vuelta a la casa y guardado en el sótano, a la espera de la certificación y el entierro. En 1939, el hijo del propietario,

Adolphus Grant, murió de apendicitis en el teatro. Una vez más, el cuerpo de un niño estaba al acecho en esta casa. Se dice que se puede sentir la presencia de los niños en toda la casa. También corre el rumor de que en la torre se encuentra una mujer solitaria esperando el regreso de su hijo.

Hoy, revelaré la verdad. Las afirmaciones previas eran simplemente una estrategia de relaciones públicas de la Cámara de Comercio de Happy Valley para atraer visitantes, en detrimento de Samueltown.

En la víspera de Todos los Santos, ocurre la reunión anual de los Maestros.

Cada año, los espíritus de los más grandes Maestros de la Literatura se reúnen para leer y criticar los escritos del grupo de Escritores de Happy Valley, antes del lanzamiento anual de su libro.

Heródoto, William Blake, John Bunyan, el Dr. Samuel Johnson y François Rabelais han desempeñado este papel durante más de veinticinco años. Sin embargo, los ciudadanos de Happy Valley desconocen su intervención, colaborando sin saberlo con el grupo de escritores.

El grupo de escritores coloca su manuscrito en la puerta de la casa de Shaker Road Park en la víspera de Todos los Santos y lo recupera a la mañana siguiente.

A medianoche del 31 de octubre, inicia el proceso con el espíritu de Heródoto, "el padre de la historia", seleccionando pasajes para garantizar la precisión histórica.

Luego viene Blake, descrito como *"se convirtió en artista a la edad de diez años y poeta a los doce"*, quien viene a supervisar los poemas conmovedores que son creados por el grupo.

Ahora Bunyan, que se describe a sí mismo como *"decente de una generación baja y desconsiderada"*, toma el timón, para revisar la corrección de los cuentos y poemas que se van a publicar.

El Dr. Samuel Johnson es el siguiente. Boswell describe a Johnson como *"uno de los más grandes conversadores de Inglaterra, un árbitro del sentido común"*. Johnson creció en la pobreza, por lo que revisa las historias de los escritores para ver si hay un potencial de prosperidad en las obras.

Rabelais, un francés, es el último en la revisión del manuscrito. John Canning ha descrito a Rabelais como *"el más grande de los narradores y el más poderoso hacedor de risas que este mundo cansado haya conocido"*. Rabelais está aquí para completar las obras asegurándose de que los escritores serios sean los autores de los cuentos y poemas, pero que también incluyan risas para el lector.

Los espíritus han completado sus tareas.

Los Maestros dejan el manuscrito corregido junto a la puerta principal para que sea recuperado por los Escritores de Happy Valley y comiencen la preparación para la publicación del libro de este año.

Por lo tanto, muchas cosas suceden en una luna llena.

Tengo la intención de comprar el libro este año.

¿Y tú?

UNA BUENA NAVIDAD EN EL FUTURO

La planificación de mi primer trabajo fue, sin duda, emocionante. Después de explorar varias carreras durante mi juventud, finalmente encontré algo que me completaba. Como cualquier ciudadano común, me sumergí en un trabajo convencional. Cada mañana, me dirigía a la sucursal local de uno de los grandes bancos que dominan Australia, situada en el distrito central de negocios de Happy Valley, entre la tienda de delicatessen y la tienda de cristales.

Trabajar en un banco tenía sus ventajas. La gente confiaba en mí para compartir detalles sobre sus finanzas, convirtiéndome en su confidente financiero. Esto quedó claro cuando el Sr. X, respetando la privacidad de mis clientes, se acercó a mí con una propuesta intrigante.

"Señor Bart, me pregunto si podría ayudarme con una adquisición en particular que deseo comprar," me dijo el Sr. X.

"¿Cómo puedo ayudar, señor X? Por favor, llámame, John" añadí.

"Está bien, John, "dijo el señor X. "Soy un ávido coleccionista de libros, especialmente los que tratan sobre la familia real. He venido a usted con una proposición, que espero que pueda encontrar interesante y beneficiosa para ambos."

Me intrigó. Solo unas pocas veces vino un cliente bancario y me hizo una propuesta de este tipo, por lo que lo que más me interesó fue saber más sobre este esquema propuesto.

"Por favor, señor X. Dígame cómo puedo ayudarle," dije.

"¿Te gusta mucho la pequeña librería local, *Missy's Book Shop*?" me preguntó.

"No lo sé, señor X. Me transfirieron a esta sucursal desde nuestra sucursal principal en George Street en el Distrito Central de Negocios de Sydney la semana pasada, y esta es solo mi segunda semana. ¿Por qué lo pregunta?"

"Bueno, John, hay un librito en esa librería que quiero añadir a mi colección, pero el dueño no se moverá del precio. Me pregunto si podría adquirirlo para mí."

"Señor X, si el propietario no se pone de acuerdo con usted, ¿qué le hace pensar que el propietario se pondrá de acuerdo conmigo?"

"Oh, John, no espero que lo compres. Espero que lo adquieras para mí."

Tardé treinta segundos en caer el céntimo. El Sr. X no esperaba que yo negociara un precio, sino que le robara el maldito libro.

"John, el precio del libro es de $15.000 dólares, y el dueño de la librería no se moverá. Si lo adquieres por mí, te daré la mitad del precio de venta al público. ¿Te interesa?"

Si bien las matemáticas no eran mi fuerte en la escuela secundaria, calculé que la mitad del precio minorista era de $ 7,500.00 por robar un libro pequeño. La recompensa superaba cualquier riesgo.

"¿Qué necesita que haga, señor X?" pregunté.

"John, necesito que vayas a la librería, que cojas este pequeño libro viejo que ha estado en el estante durante más de cuatro décadas. Entonces necesito que te vayas con él, sin que su dueño actual tenga la menor idea de que se ha perdido. El libro es una biografía infantil de Guillermo I, también conocido como Guillermo el Conquistador y como Guillermo el Bastardo. Comprado por *Missy's Book Shop* en 1979 por el padre del propietario, ha estado allí aumentando su valor mientras esperaba que alguien lo comprara, o en mi caso, lo robara," dijo el Sr. X.

"Parece una proposición sencilla, señor X. Dado que ambos tenemos un interés en este acuerdo, tenga la seguridad de que haré mi parte, como sé que usted hará la suya. ¿De acuerdo?" pregunté.

"Definitivamente," dijo el señor X.

Nos estrechamos las manos y él salió del banco, dejándome a mí reflexionando sobre mi curso de acción para obtener su librito.

Por supuesto, el reto consistía en conseguir el libro, asegurarse de que el dueño de la librería no se diera cuenta de que faltaba y salir con él sin ser observado. Así que llegué a un plan de ataque.

En las siguientes cuatro semanas me hice reconocible comprando varios libros. Me interesé y compré dos libros: *Milenio y Carisma entre los Pathans. Un ensayo crítico en antropología social*, de Ahmed Akbar, y *Arquitectura e identidad: hacia una ecocultura global,* de Chris Abel. Los libros me costaron 339,45 dólares, y estaba seguro de que ahora veían mi cara como un cliente habitual.

Después de las cuatro semanas, dos semanas en las que solo hojeé y dos semanas en las que hice compras, recibí una pregunta de la dueña de la librería:

"¿No tienes interés en biografías de ningún tipo?" preguntaba la dueña de la librería cada vez que subía la venta.

"Todavía no," respondí.

Cada vez que los visitaba, hacía un reconocimiento rápido para asegurarme de que mi "libro de adquisición" estaba en el estante y (gracias a la tecnología moderna) tomaba una instantánea rápida con mi teléfono móvil LG K10. Ahora tenía los ingredientes para mí 'adquisición'.

La transformación de un simple manuscrito en un libro implica diversos procesos, y la encuadernación es un aspecto fundamental que incide directamente en los costos. Desde el tradicional 'saddle stitching', considerado el método más común y económico, hasta la sofisticada técnica del 'cosido encuadernado', conocida por su mayor costo, estos métodos, entre otros, despiertan la admiración de los coleccionistas. Sin duda, este detalle artesanal añade un valor único a la obra, haciendo que los amantes de los libros no solo busquen contenido, sino también la calidad y exquisitez en la confección. Quién iba a pensar que detrás de esta meticulosa artesanía se esconde la fascinante historia de la infancia de Guillermo I.

Podría crear un libro similar con el mismo tipo de encuadernación, lomo, el mismo color para la portada y el reverso, y el número correcto de páginas. Ahora todo lo que tenía que hacer era hacer el cambio.

El costo de mi libro sustituto fue de $145.55.

A veces, la dama de la suerte estaba de mi lado, y hoy me estaba brillando.

La petición del Sr. X para la "adquisición" llegó en pleno invierno. El primero de julio en Happy Valley, Nueva Gales del Sur, marcó una jornada gélida con temperaturas promedio máximas de 11 °C y mínimas de -2 °C. El clima era propicio para el abrigo invernal, con una atmósfera que invitaba a resguardarse del frío.

En esa temporada invernal, se hacía indispensable contar con un abrigo de calidad, amplio, voluminoso y de dimensiones considerables. Esto garantizaba no solo enfrentar el frío con eficacia, sino también mantener a raya la penetrante sensación térmica al salir de la acogedora protección de tu refugio cálido.

Mi abrigo favorito fue mi *parka con capucha Aspesi Faux Shearling-Lined Shell,* que me costó un montón y era enorme.

Nunca pensarías que una librería estaría ocupada en pleno invierno (yo nunca lo haría), pero allí estaba un lunes (me tomé un día libre del trabajo) y el lugar estaba animado.

La gente, jóvenes y viejos, súper ricos, ricos y no tan ricos, estaban todos allí. Todos miraban libros, se acercaban al mostrador de ventas y hacían que las cajas registradoras cantaran ese maravilloso sonido de 'cha-ching' que tanto gustaba en todas las épocas del año a los dueños de las tiendas. Esta locura me dio mi oportunidad.

Escondí el libro de imitación debajo de mi *Aspesi,* caminé hacia el estante y tomé la biografía original. Antes de colocar la biografía infantil única de Guillermo I debajo de mi parka, noté el precio, $15.00.

Extraño.

Guardé el libro de imitación metido en mi parka y me dirigí al mostrador de ventas. Le entregué al dueño un billete de 20 dólares. Ella solo me miró fijamente y, sin mirar el precio de etiqueta, dijo que era la cantidad incorrecta: el precio es de $15,000.00. Señalé la etiqueta del precio. Llamó a un asistente junior que confirmó el precio, recibí mi cambio de $ 5 y salí de la tienda.

Tan pronto como llegué a casa, quité la etiqueta de venta, me puse en contacto con el Sr. X y acordé una hora para entregar el libro y cobrar mi tarifa de "adquisición" en efectivo.

Mi costo total en la adquisición del libro: menos de $500.00. ¿Quién sabía que tanto el dueño de la tienda como el coleccionista de libros eran previsores y pensaban que el libro costaba $15,000?

Ganancia: $7,000.00.

Sentado en casa con la pila de billetes frente a mí, me di cuenta de que combinar mi experiencia bancaria con mis nuevas "habilidades" profesionales podría hacer que pasara una buena Navidad en el futuro.

UN DÍA MENOS QUE PERFECTO

¿Alguna vez has tenido uno de esos días en los que nada sale cómo quieres? ¿Un día en el que no importa lo que hagas, lo que escribas, lo que leas o con quién te encuentres, todo parece ir en contra de tu intención? Comprender que cometer errores es parte de la vida cotidiana no siempre hace más llevadero un día que se desvía de la perfección, ¿verdad?

A veces, el estrés de un día menos que perfecto puede ser insoportable, doloroso y traerte la sensación de que nada de lo que hagas tendrá éxito. He tenido ese tipo de días. Estoy seguro de que tú también lo has hecho.

Así que, para todos aquellos lectores que han tenido uno de esos días menos que perfectos, les traigo la alegría de saber que Australia comenzará a celebrar "Un Día Menos Que Perfecto" el próximo 1 de octubre de 2022. Esta iniciativa tiene como objetivo reconocer a todos los australianos en esos momentos en los que las cosas simplemente no salen como uno espera.

Por lo tanto, no te estreses. El próximo 1 de octubre, desafíate a ti mismo a realizar actividades extras sabiendo que si fallas, bueno, no importa. Haz malabarismos con pelotas de baloncesto en medio de Argyle Street, canta la última canción de Jimmy Barnes mientras montas en bicicleta por John Street, métete con los políticos locales colocando un puesto y distribuyendo folletos que afirman que todos son miembros del Partido Comunista de Australia. Piensa en todas las cosas que puedes hacer y no te sientas mal por ello.

En este día menos que perfecto, las normas son diferentes. ¿Realmente importará? ¡Lo dudo! Así que relájate y disfruta de la libertad de no tener que ser perfecto, al menos por un día.

EL AMOR POR LOS LIBROS

Es el año 3134 y la Real Nave Australiana James Cook está viajando a través del quinto cuadrante de la Vía Láctea haciendo exploración e investigación estándar. La tripulación del James Cook está compuesta por doscientos cinco tripulantes y diecisiete oficiales. Están en una misión de seis años para explorar e informar al comando de Starship con cualquier hallazgo que resulte importante.

Angus T. Kirkland comanda el James Cook. El capitán Kirkland es un marino de séptima generación, con más de doce años de experiencia en mando. A excepción de un pequeño contingente de diecisiete miembros de la tripulación, todos los miembros han servido con el capitán Kirkland antes.

"Capitán, señor, ¿puedo decir unas palabras?" pregunta el comandante Wilson Trevin.

"Por supuesto, señor Trevin. Entra en mi habitación, donde podemos conversar," responde el capitán Kirkland. "¿En qué puedo ayudarte?"

"Señor, tenemos un problema con la Holodeck que necesita corrección, pero Ingeniería aún no pudo detectar el problema."

"Comandante, por favor, sea específico. ¿Cuál es el problema?"

"Bien, señor, la Holodeck se ha encargado de eliminar todos los programas de entrenamiento de guerra, todos los programas de ayuda a la salud y todos los demás programas excepto uno. El único programa que el Holodeck está ejecutando ahora es *'The Thorn Birds'*, y está volviendo loca a la tripulación."

"¿Y por qué es eso comandante?" pregunta el capitán Kirkland.

"Capitán, el capellán cree que el Programa de la Holodeck convertirá al cocinero James en la nave estelar de la flota y no está contento con eso," responde el comandante Trevin.

El capitán Kirkland piensa en esto por un momento. El libro original, *"The Thorn Birds"*, salió en 1977, escrito por Colleen McCullough y ambientado principalmente en Drogheda, una estación de ovejas ficticia en el interior de Australia. En 1983 el libro se convirtió en una serie de televisión para el público estadounidense. El Programa Holodeck tiene este programa y miles de otros en su base de datos para el entretenimiento de la tripulación durante su largo viaje espacial.

Pero ¿por qué este programa? Piensa el capitán Kirkland.

"Comandante, por favor, indague en los registros del sistema para determinar quién fue el último en utilizar el Holodeck y qué programa fue ejecutado en esa ocasión. Debe existir una explicación para esta situación," instruye el capitán.

Cuando el comandante sale de la sala de espera del capitán, el capitán Kirkland continúa revisando los informes diarios, asegurándose de que la nave espacial esté en óptimas condiciones en caso de emergencia. Al cabo de una hora, el comandante Trevin regresa e informa.

"Capitán, he comprobado los registros del sistema de la Holodeck y he determinado que el último programa que se ejecutó en la Holodeck fue *"The Thorn Birds"*, y el Capellán Bell lo utilizó," explica el Comandante Trevin.

"Ordenador, localiza al capellán Bell y pídele que venga a mi habitación."

"Sí, capitán," responde una voz incorpórea.

En poco tiempo, el capellán Bell entra en la sala de espera y le pregunta al capitán si hay algún problema.

"Sabes muy bien que hay un problema, Bell. El Holodeck está atascado en el último programa que ejecutó. Ha eliminado todos los demás programas, y la última persona en usar el Holodeck fuiste tú. ¿Quiere explicar lo que pasó?" pregunta el capitán Kirkland.

Tímidamente, el capellán Bell explica:

"Capitán, señor, le pido disculpas por lo que ha sucedido. No quise que sucediera. Simplemente lo hizo. Me obsesioné con el personaje de Meggie Cleary, hasta el punto de que reprogramé la Holocubierta para eliminar el personaje del Padre Ralph de Brassard e insertar un nuevo personaje: yo mismo como Capellán Bell. Reescribí la historia desde el punto de vista de un sacerdote anglicano, y luego la Holodeck se volvió loca. No sabía qué hacer, y esperaba que la ingeniería encontrara una solución antes de que le llamaran la atención."

"Capitán," interrumpe el comandante Trevin, "ingeniería solo ha encontrado una solución para la situación actual en la Holodeck. Sugieren que apaguemos la Holodeck mientras dure nuestro despliegue, señor."

La sala de espera se queda en silencio mientras el capitán Kirkland considera esta solución. Es drástico y draconiano y algo que pondría a la tripulación bajo un tremendo estrés. Tiene que haber otra solución, piensa. De repente, sonríe y se vuelve hacia el comandante.

"Comandante, ordene a Ingeniería que apague la Holodeck inmediatamente."

"Pero señor, la tripulación perderá todo su entretenimiento. Les aplastará tener los próximos cuatro años de la expedición sin la Holodeck. Le ruego que lo reconsidere, capitán," replica el comandante Trevin.

“Comandante, ¿puede decirme qué hay en la cubierta siete, sección dieciséis, nivel cinco?” pregunta el capitán.

“Vaya, capitán, ese lugar es la vieja biblioteca. No lo hemos usado desde finales de 2900, cuando el Programa de Holodecka fue comisionado por primera vez e incorporado a las naves espaciales modernas. ¿Esperas que la tripulación lo use ahora?” pregunta el comandante Trevin.

“El Programa Holodeck sólo puede llenar una parte de la conciencia humana con familiaridad y un sentido de lo que lo programamos para hacer. Solo puede interactuar con el participante humano. No puede expresar un sentimiento, pero un escritor a través de sus historias sí. La biblioteca contiene un mundo listo para que "vivamos en él", no solo para que interactuemos con él. Por lo tanto, ya sea que la tripulación use un libro físico o una tableta, o un lector electrónico, el miembro de la tripulación se transportará a un mundo que puede "sentir". Así que, capellán Bell, ahora tendrás un amor por los libros en lugar de Meggie Cleary. Comandante Trevin, ahora volveremos al futuro donde todo comenzó. ¡En los libros!

“Me despido,” dice el capitán, mientras se pregunta qué leerá esta noche.

UN SER ENCANTADOR

La tecnología finalmente ha llegado a mi puerta y he abierto la puerta a un nuevo mundo. Durante los últimos cincuenta y cinco años, he sido un soltero dedicado. Toda mi actitud hacia el otro sexo ha sido que cuando aparezca la mujer adecuada, la encontraré. Sin embargo, esta estrategia ha demostrado ser más desafiante de lo esperado en mi búsqueda de una compañera. Por ende, decidí aventurarme y romper con la tradición al unirme a Tinder la noche pasada.

TINDER es una nueva sensación para jóvenes y mayores. Es un programa de red social que brinda muchos beneficios para sus usuarios. Por ejemplo, puedes eliminar todas las charlas triviales que sean necesarias para formar una relación sana; Te permite conocer gente fuera de tu círculo social. Aumenta tu ego con la esperanza de encontrar un individuo hermoso del sexo opuesto (o del mismo sexo si esa es la forma en que te inclinas), y te permite subir tu escalera social al tratar de salir con una pareja que está muy, pero muy fuera de tu alcance. Finalmente, me permite reducir mis posibilidades de enviar mensajes de texto a mis antiguas amigas si alguna vez tuve una antes.

Con todas estas ventajas, decido que es hora de que Paolo Sergio Tomas O'Connor, vuestro de verdad, nos aventure en el mundo de TINDER y veamos lo que ofrece la vida.

Imagina las posibilidades, deslizas el dedo en una dirección y has abandonado a esa persona en el limbo de la incertidumbre, pero si deslizas el dedo en la dirección correcta, es posible que encuentres tu verdadero amor. ¿No es la tecnología simplemente fantástica?, te pregunto.

Así que ahora es miércoles por la noche, y me siento en la comodidad de mi salón en mi ropa interior favorita con la televisión en 7Mate viendo *'Blokesworld'*, y mi atención está en mi teléfono mientras comienzo mi viaje.

Después de configurar mi perfil honesto, la pantalla se llena con una cascada de fotografías de mujeres de todas las formas, tamaños, colores y nacionalidades. Dios mío, he entrado en un mundo de citas buffet. Después de leer detenidamente todas las instrucciones sobre cuál es la forma correcta de deslizar para conectarse con una persona (derecha) y no para conectarse con otra (izquierda), comienzo mi viaje al mundo de las citas de TINDER.

Considerando mi perfil y fotografía, analizo si esta o aquella candidata podría estar dispuesto a encontrarse conmigo. Ahora no soy una trampa per se, pero a los cincuenta y cinco años de edad, tengo un salario decente de seis cifras (cifras bajas, por cierto), un cuerpo razonablemente moldeado y tengo todo mi cabello natural, así que eso tiene que ser una ventaja.

TINDER debe ser un juego de números, y yo no soy de ese tipo, así que busco durante unos treinta minutos y hago muchos deslizamientos hacia la izquierda hasta que veo la imagen de una mujer de aspecto sencillo. Hay algo en sus ojos, y me encanta su nombre “Betty K. Baylor”, al igual que la actriz. Entonces, sostuve el teléfono en mi mano, leí su perfil y vi que teníamos varias cosas en común y publiqué mi primer intento de conectarme en TINDER con un completo extraño.

Vestía un encantador vestido a lunares blancos sobre fondo azul, lo que me llevó a enviarle un mensaje sin pensar: "Mi madre tiene un vestido igual que el tuyo". Envié esas palabras antes de percatarme de lo que acababa de escribir, dándome cuenta en ese instante de que, con seguridad, mi primera impresión en Tinder se había quedado en blanco.

Para mi sorpresa, en exactamente doce minutos recibo una respuesta de “Betty K. Baylor” diciendo que era un comentario encantador, acompañado de una de esas adorables caritas amarillas, o como se llamen. Mi corazón dio un salto. Tuve una respuesta en mi primer intento, así que lo primero que pensé fue: “¿Le pasa algo?”.

Así que, durante la siguiente hora intercambiamos mensajes sobre todo y sobre nada, haciéndonos reír y pasándolo de maravilla. Es temprano en la pieza y con cada minuto que pasa, me siento un poco más cómodo, pero todavía no me atrevo a invitarla a salir, así que le pregunto si puedo continuar enviándole mensajes de texto al día siguiente más o menos y ella dice que sí sin dudarlo.

Durante las próximas semanas, continuaremos nuestras conversaciones. A veces hablábamos hasta altas horas de la noche, otras veces hablábamos a media tarde. No hay un patrón para cuando hablamos; Simplemente disfrutamos de nuestro tiempo juntos, por extraño que parezca. Pero de alguna manera, llegamos a conocernos más íntimamente de lo que cualquiera de nosotros pensó que lo haríamos.

El momento decisivo llegó un jueves por la noche de noviembre de 2021 cuando le dije a "Betty K. Baylor" que estaba en Sydney por trabajo y que me encantaría conocerla en el abrevadero local del Hotel Westin en Sydney. Mi corazón latía con fuerza y fuerza, pensando que podría haberla alejado de mí, ya que pasaron más de cinco minutos antes de que respondiera. Ella responde diciendo que estaría más que feliz de reunirse conmigo, pero que le gustaría hacerlo el domingo por la tarde, si es posible, a lo que respondo: "No es un problema". La esperaré todo el tiempo que sea necesario, pienso para mis adentros. "Betty K. Baylor" me dijo que está ansiosa por conocerme, pero que durante los próximos días no podría estar en contacto. De igual manera, a las 5 de la tarde del domingo estaría en el vestíbulo del Hotel Westin de Sydney esperándome.

Así que lo convertimos en una cita. Mi primera cita en TINDER después de ocho meses de mensajes con este encantador ser humano. Esta vez le doy mi número de teléfono móvil real, poniendo la excusa de que cambiaré de proveedor en los próximos días más o menos, lo que ella tomó con gusto sin dudarlo, ya que TINDER nos conectará mediante tecnología basada en la ubicación, por lo que debería ser fácil encontrarnos. Le pedí a Betty su número y me lo dio, de nuevo, sin dudarlo. Una buena señal, pienso para mis adentros.

El resto de la semana ha sido la semana más lenta de mi vida. Quiero decir, ¿cómo es posible que el tiempo vaya más lento que cuando estás en el trabajo, pero lo hizo? Tampoco me ayudo mirando el reloj cien veces al día, así que todo es culpa mía también.

Llega el fin de semana, y lo único que hago el sábado es tirar la ropa sobre la cama para ver qué me pondría para conocer a la señorita Betty K. Baylor. Soy como una adolescente que se prepara para el baile de graduación social en la escuela secundaria. Quiero decir, qué mal lo tengo, y ni siquiera he conocido a la mujer todavía. ¿Y si todo es una farsa? ¿Y si en realidad no es una mujer, sino un que me gasta una broma de mal gusto, y él y sus amigos están sentados en el vestíbulo del Hotel Westin esperando a que aparezca para reírse de mí?

Necesito dejar de pensar demasiado. No hay forma de que esto sea un engaño. Ella "habla" como una dama, "siente" como una dama; "tiene que ser una dama", me convenzo. Pero también tengo un pequeño trago de bourbon para aliviar mi ansiedad.

El domingo por la mañana, el día está floreciendo, por lo que se siente como un buen augurio. Trato de mantener la compostura todo el día. Desayuno, leo toda la Gaceta de Sydney, de principio a fin, incluida la sección de deportes, de la que no soy muy fanático. Preparo un almuerzo ligero, me ducho y me dirijo a la estación de tren para tomar el próximo tren a la estación de Wynyard, la más cercana al Hotel Westin en Sydney.

Un corto paseo desde la estación hasta el hotel y llego a las 4:40 PM, temprano creo, lo cual es bueno. Si esto es una broma, puedo darme cuenta mientras camino por el vestíbulo, pero no veo a ninguna persona o grupo de personas de aspecto sospechoso, así que tal vez todo esté solo en mi cabeza. Me acomodo en la silla del vestíbulo y miro mi reloj. 4:55 PM, casi la hora. Me recuerdo a mí mismo que sé que algunas mujeres carecen de puntualidad, que llevan como insignia de honor, y no esperaría verla a la hora acordada.

A medida que pasaba el tiempo, mi mundo temblaba un poco porque las 5 de la tarde habían llegado y pasaban y no aparecía "Betty K. Baylor". A las 5:20 p.m., suena mi teléfono y una voz masculina pregunta; "¿Es Paolo?".

Aquí viene, la bomba que he estado esperando, y voy a estar devastado, pero me trago el corazón y respondo; "Sí, lo es. ¿Quién habla? ¿Cómo conseguiste mi número?"

"Soy James Haldon, el agente de prensa de la señorita Baylor, y le llamo para informarle de que la señorita Baylor está bajando de su suite en el ático del hotel y que se disculpa por su retraso. Su avión aterrizó tarde en Sydney esta mañana, y ella llega tarde. Bajará en diez minutos. Por favor, espérala en el bar del vestíbulo y estará allí en breve. Gracias", y cuelga.

"¿Qué fue eso?" Pienso para mis adentros mientras miro mi teléfono. ¿Era esto real? De ninguna manera, tiene que ser el programa de Candid Camera en acción mientras miro rápidamente a mi alrededor en busca de signos de una cámara o cámaras, pero nada como una cámara aparece en ninguna parte. Estoy estupefacto.

Como un zombi, me acerco al Lobby Bar (sí, ese es el nombre real del bar), me siento y pido un bourbon triple con hielo con un trago de tequila chaser. Si esto es una broma, me voy a casa con la resaca más grande que puedo tener, pero antes de que pueda probar el bourbon por primera vez, Betty K. Baylor se me acerca y me dice: "¡Hola Paolo, finalmente nos conocemos!"

Betty le hace un gesto al camarero para que haga lo mismo y se sienta a mi lado y continúa su conversación: "Lamento hacerte esperar, pero mi avión llegó tarde, y me hizo llegar tarde a todos mis compromisos aquí, luego tomé una siesta y me quedé dormida. Lamento mucho tenerte esperando más allá de la hora de nuestra cita".

¿Sabes cómo se ven los wallabies cuando son atrapados por los faros del Ute? Bueno, ese soy yo. Aquí estoy sentado con Betty K. Baylor, la actriz, y la gente se fija en ella y me pide autógrafos y fotos. De la nada, un trío de tipos enormes aparece y comienzan a ahuyentarlos, y estamos solos de nuevo. Aun así, estoy sentado allí con la boca abierta, incapaz de hablar.

"Ahora, Paolo, por favor, habla, por favor, no me digas que te he molestado."

"No, no, le dije, tú eres la Betty K. Baylor, pero la foto es otra persona, estoy confundido."

Betty respondió:

"Lo siento. La foto es de mi madre, nos parecemos mucho, y me encanta ese vestido suyo, así que usé su foto cuando era más joven. Puedes, o no, ser consciente de que he tenido mala suerte al encontrar a alguien, así que pensé en darle una oportunidad a TINDER y adivina qué, ¡te encontré, Paolo!"

Nuestra reunión continúa hasta las primeras horas de la noche, donde nos dirigimos al restaurante Mosaic para disfrutar de una elegante cena con cocina australiana moderna que se prepara creativamente con un toque refinado y atención al detalle; una delicia para comer.

Habiendo terminado nuestra comida, pago, por cierto, y escuchamos a la pianista en el bar iniciar una melodía encantadora y continuamos con la mejor velada de mi vida, la mejor primera cita de mi vida en TINDER, pero necesitaba hacerle una pregunta y después de dos jereces crema Harvey Bristol, mi voz cobró fuerza y pregunté:

"Betty, ¿somos de verdad?"

Sus ojos profundos me miraron, sus labios rojos, húmedos y acogedores, se movieron un poco y respondió:

"Solo si me quieres."

Nunca he visto la Suite Presidencial en el Westin Sydney y a $5,500 por noche, incluso con mi salario nunca la vería, pero lo hice esa noche maravillosa cuando conocí a Betty K. Baylor.

El lunes por la mañana, voy a trabajar directamente desde el hotel, renuncio a mi trabajo. Llamo a mi agente inmobiliario y le digo que podría poner a la venta el apartamento en el norte de Sydney en una semana. También le pido que contrate a un equipo para empacar todo, colocar todos los muebles y cosas del apartamento en una unidad de alquiler por un año porque me voy del país en una semana, rumbo a California para casarme.

Me pregunta con quién me iba a casar, y yo le digo: "Betty K. Baylor", y se ríe, y ya sabes, yo también. Cuelgo el teléfono y vuelvo al Hotel Westin, me dirijo al ascensor privado, e inserto la llave de la puerta para encontrar a un ser encantador esperándome.

SE HACE UNA ESTRELLA

Un día estoy ocupándome de mis asuntos en la Antártida pasando el rato con mis amigos, cuando aparece una enorme figura peluda que, al principio, confundo con un oso, excepto que su pelaje es oscuro, no el blanco habitual. Esta figura de aspecto extraño me está señalando algo.

Lo siguiente que sé es que escucho este chasquido y un montón de 'Ohs' y 'Ahs' que salen de la figura y luego, como por arte de magia, este largo apéndice se estira y me entrega una tarjeta de visita: "Mikey Lazar, fotógrafo de las estrellas".

Bien, lees esto y te dices a ti mismo: "¿Cómo te encontró en la Antártida?" Fácil, supongo, ahí es donde vivo todo el año. Me siento cómodo aquí y feliz en su mayoría, pero Mikey me presenta una oportunidad emocionante. Me dice:

"¡Cariño, eres precioso! ¡Estoy tan contento de haberte descubierto! Mira tu vientre blanco y tu cabeza negra, tu espalda negra, tu cola y tus alas negras. ¡Las marcas de oro amarillento en el costado de la cabeza y el cuello brillan como el oro! Si a esto le añadimos que tu altura es simplemente perfecta. ¿Qué eres, cariño? ¿Unos 115 centímetros? ¿Más? ¿Menos? No me lo digas, déjame adivinar."

Mikey sigue hablando y ya no lo escucho. Todo lo que tengo es el chasquido de su artilugio de aspecto extraño y los constantes rayos de luz que salen de su máquina. Entonces le pregunto:

"¿Qué quieres de mí?"

"Eres la persona más guapa y con esmoquin que he visto en mi vida. Siento que puedo convertirte en una estrella en el negocio del alquiler de esmoquin. Puedo pagarte excepcionalmente bien tanto en pececillos de plata, krill y calamares. Solo nombra tu precio, cariño, ¡te quiero!"

Tengo mucho tiempo libre hasta el próximo mes de junio, así que pienso, ¿por qué no?

"Has conseguido un trato, Mikey. ¿Dónde me inscribo?"

Lo siguiente que sabes es que estoy en la hermosa y soleada Sydney en un lugar llamado Taronga Zoo, y tengo este bonito recinto que se parece tanto a casa que, al principio, creo que nunca salí de ella. Me dan comida todos los días, cubos llenos y Mikey se asegura de que otra figura llamada "manejador" entre y me cepille todas las mañanas antes de que Mikey entre y tome fotos. (Descubrí que eso es lo que hace con el artilugio, lo llama cámara) y el clic constante sigue y sigue y sigue durante horas y horas.

Entonces, llega el día en que Mikey me dice:

"¡Hoy es el día, cariño! Nos dirigiremos al corazón del distrito central de negocios de Sydney, a la prestigiosa tienda principal de Walter Bowes, para el desfile anual de sombrerería de la temporada de primavera y verano. No quiero que pienses en nada más que en los atuendos más elegantes para la Copa de Melbourne. Imagina a todas las damas perfectamente vestidas, y tú, con tu esmoquin impecable, te convertirás en el epítome de la elegancia. Serás un auténtico campeón, ¡te verás simplemente imponente!"

Mientras nos dirigimos hacia Walter Bowes en la furgoneta de Mikey, nos encontramos con un bloqueo de individuos que representan a una organización llamada IETA (Individuos por el Trato Ético de los Animales), lo que nos impide entrar en el edificio Walter Bowes para el espectáculo. Mikey parece nervioso, pero no se rinde. Mikey se revuelve por la parte trasera de la furgoneta y saca un gran abrigo de visón, que me echa encima, y salimos de la furgoneta.

Caminamos hacia la entrada lateral del edificio Walter Bowes tratando de evitar la mirada de la gente de la IETA cuando de repente alguien grita: "¡Mira, una modelo lleva un abrigo minx!" Lo siguiente que hago es estar cubierto de un líquido rojo y también está en mi piel. Mikey y yo entramos en el edificio, pero es demasiado tarde porque algo líquido nos ha empapado por completo en líquido rojo.

Mikey y otros intentan quitarme el líquido rojo, pero es en vano. Estoy arruinado. Mi carrera como modelo de esmoquin en Sydney terminó antes de que comenzara y ni siquiera llegué a conocer a Walter Bowes, quienquiera que sea. Mikey se encoge de hombros y dice:

"Lo siento, amigo, parece que es el final del camino para nuestra asociación. La mancha roja está por toda la espalda y el frente y simplemente no se quita. Tus días como modelo de esmoquin han terminado."

Mikey me entrega un fajo de billetes de todo tipo y me dice:

"Reserva el próximo avión a la Antártida. Se acabó."

En resumen, es eso. Salgo del edificio con la apariencia más desaliñada, detengo un taxi y me encamino hacia el aeropuerto para gestionar la reserva de un vuelo con Antarctica Air y regresar a casa.

Les demuestro, mientras ocupo mi asiento económico en el vuelo de regreso a la Antártida, que el éxito no se cuantifica por tus intentos, sino por cómo enfrentas las circunstancias que se te presentan. Ahora, cubierto de un líquido rojo, me doy cuenta de que mi vocación no radica en el modelaje, sino en el claqué. No creo que ninguno de los míos haya incursionado en eso. ¿Han tenido esa experiencia?

Seré pionero y encontraré mi camino a la fama. Lo crucial es mantener el deseo, y el mío arde con intensidad. Ahora, construiré conexiones, me sumergiré en el negocio y lograré mi primera incursión cinematográfica. Poseo la tarjeta de presentación de Mikey, y me intriga; aún no es octubre, así que dispongo de siete meses antes de la temporada de apareamiento. Con determinación, regreso al mostrador de boletos del aeropuerto y reservo un vuelo con destino a Hollywood.

Mientras vuelo a Hollywood, me pregunto qué tan difícil puede ser.

Mira a Lassie, Old Yeller, Rin Tin y tantos más que lo lograron, y yo también podría ser uno de esos afortunados descubrimientos. Una vez más, ¿qué tan difícil podría ser para un pingüino de la Antártida de excelente apariencia llegar a Hollywood?

ALFABETO

Llegar a la escuela los lunes por la mañana siempre es un fastidio. Te llama la atención el monótono salón de clases donde ves las mismas caras día tras día, semana tras semana y mes tras mes.

¿No pueden los profesores al menos cambiar un poco nuestras sillas para hacer la vida más emocionante? No vayas allí, pienso para mis adentros. Cada vez que se me ocurre una idea y la comparto con un profesor, se vuelven locos. Encontrar un profesor que te entienda es difícil hasta que conozco a la Sra. Harper.

Genial, creo, una mujer que finalmente me entiende, o eso supongo. Demonios, supongo que me entiende, pero no es así. Creo que al menos querría escuchar mis ideas, pero eso no me va bien.

Justo en el momento en que comprendo que está dispuesta a aceptar mi propuesta, la Sra. Harper destruye mi esperanza. "Mata", espero que sea una palabra mejor para usar. Lo que no sé es que la Sra. Harper escuchó todas mis ideas, pero tiene otros planes. La Sra. Harper decide que ser maestra requiere mucho trabajo y tiene pocos beneficios financieros. No es que no parezca disfrutar de la enseñanza, pues así lo parece durante muchos días. O eso creo.

Tal vez mis ideas sobre la enseñanza difieren de las suyas, así que supongo que, porque la enseñanza debería ser una pasión, una carrera o tal vez una... ¡Búsqueda! Realmente, esa es la palabra que estaba buscando, qué mejor manera de describir el amor por impartir conocimiento en las mentes jóvenes que llamarlo una búsqueda. Seguramente no debe haber otra medida para que una persona busque disfrutar de una carrera.

Hoy decido que incluso si la Sra. Harper me roba la idea, no me preocuparé. Palabra inútil, preocupación, denota toda la desesperanza en una sola palabra. Vocalmente expresivo. Preocupación, una palabra desperdiciada que hace que mi piel se sienta como, como......

Xerosis, esa es la palabra para describir lo que estoy sintiendo, una sequedad de la piel que es lo que estoy sintiendo cuando la Sra. Harper me dice que mi idea es suya ahora. Sí, ella me lo confiesa, está tomando mi idea y usándola ella misma y la utilizará en los lugares más inusuales de todos; Sí, lo adivinas, pero ¿dónde más que en mi zoológico local?

Zoo Happy Valley es el único lugar donde siempre quise que florecieran mis ideas, pero esa no es la razón de esta historia corta, ya que la razón es usar cada letra individual del alfabeto para comenzar cada oración hasta que la historia llegue a su final.

CERROJO

La documentación está totalmente en orden. Me tomo el tiempo necesario para revisarla meticulosamente, repasando cada detalle dos y hasta tres veces, consciente de la importancia de no dejar cabos sueltos que puedan resultar en gastos imprevistos. Cuando se trata de un procedimiento electivo, es fundamental garantizar que todos los elementos estén alineados. Y eso es precisamente lo que me aseguro de lograr.

Nunca me he considerado una persona engreída, pero a la temprana edad de treinta y tres años, me he convertido en un hombre completamente calvo. Mi vanidad es tal que no puedo verme en el espejo, y esto sacude todo mi estado de ánimo. Por lo tanto, investigo qué puedo hacer para mejorar mi salud mental y decido hacer una revisión diligente de mi póliza de salud para ver si puedo maximizar mis beneficios y encuentro mi respuesta.

Las pólizas de seguro médico en 2019 utilizan el término "electivo" para referirse a un procedimiento que no es de emergencia necesario para preservar la salud de un paciente. Estas pueden ser cirugías que los pacientes eligen hacerse como medida preventiva, debido a diagnósticos médicos, por calidad de vida o por razones superficiales. Mi *"calidad de vida"* está disparada, y discuto con la compañía de seguros durante meses sobre esto y exijo que este procedimiento esté cubierto en mi póliza. Presento mi solicitud a mi cirujano especialista para realizar un procedimiento de cabello y tallo (HASP) y, dado que mi médico afirma que este procedimiento "mejoraría *mi salud mental" y*, por lo tanto, *"mi calidad de vida"*, la compañía de seguros, después de muchas consultas, está de acuerdo.

En el día señalado, todo está listo y tendré mi nueva cabellera.

El cirujano, el anestesiólogo, las enfermeras y el quirófano, todos están realmente preparados. ¿Qué podría salir mal?

El quirófano está frío y siento el frío debajo de mi ropa. Cuestiono esto, y me encuentro con puro asombro por los ojos que se esconden detrás de las máscaras cuando pregunto por qué necesitaba estar completamente desnudo debajo de mi bata si me estaban haciendo un HASP. Nadie responde a mi pregunta, y yo no insisto en el tema.

Escucho varias voces conversando y, de repente, este bandido enmascarado me pide que cuente hacia atrás desde cien. Empiezo: "Noventa y nueve..."

A medida que salgo lentamente de mi estado de ensueño, me doy cuenta de que estoy en una habitación completamente desconocida de la que me acosté inicialmente. La habitación se ve muy diferente, y tiene una extraña "sensación", si es que una habitación puede tener una "sensación".

Otro bandido enmascarado de blanco se acerca a mi cara y dice en voz baja a los que lo rodean: "Está despierto. Rápido llama al director". No recuerdo haber hablado siquiera con un "Director" antes de mi HASP, así que estoy confundido, y trato de rascarme la cabeza y no siento nada: no hay folículos pilosos ni tallos recién instalados. Me han robado; Me doy cuenta de que no han realizado ningún HASP.

"¿Qué está pasando? ¿Por qué no me han atendido adecuadamente y por qué no se me ha realizado el HASP?" Exijo.

Al entrar apresuradamente, varias enfermeras me traen algunas prendas de vestir que son un tipo de uniforme unisex ajustado similar a los que también llevaban puestos, y me piden que me dé prisa y me vista porque el "Director" quiere hablar conmigo en el momento en que me despierte.

Maldita sea, será mejor que quiera hablar conmigo porque yo tengo toda la razón de querer hablar con él, pienso mientras me visto con el delgado uniforme.

De repente se abre la puerta del quirófano y entra el director rodeado de cinco individuos con trajes caros. El director se dirige directamente hacia mí, me tiende la mano y me dice:

"Señor Harper, me alegro mucho de que se encuentre bien. Estuvimos preocupados por ti durante mucho tiempo y no estábamos seguros de qué resultaría del incidente."

"¿Incidente? ¿De qué incidente estás hablando?" grito.

El director habla:

"Sr. Harper, parece que el día en que estaba programado para su HASP en agosto de 2019, hubo una fluctuación masiva de energía en la red eléctrica. Esta fluctuación de potencia hace que la potencia sobrecargue muchos de los instrumentos necesarios para realizar el HASP, y mientras estabas conectado a este equipo, una corriente masiva de electricidad pasaba por todo tu cuerpo, provocando un shock traumático en tu cerebro, que te enviaba a un estado comatoso hasta el día de hoy. Hemos estado monitoreando sus signos vitales e hicimos todo lo posible para asegurarnos de que se mantuviera cómodo y bien, y estamos muy contentos de que haya regresado con nosotros hoy."

"Bueno, está bien, señor director. Por la forma en que lo acaba de explicar, parece que no fue su culpa, sino la compañía eléctrica y, aunque no me hice el HASP, estoy bien y listo para pasar por el procedimiento siempre que pueda realizarlo," afirmo.

"Bueno, aquí radica el problema," señor Harper dijo el director, "usted entró en el quirófano en agosto de 2019, y ahora es febrero de 2249, por lo que han pasado doscientos treinta años. Me temo que su solicitud de HASP no estará disponible para usted porque su compañía de seguros no puede cubrir ninguna de sus facturas desde que se declararon en bancarrota hace más de ciento veinticinco años. El hospital no pudo cobrar su factura, por lo que no tenemos otra alternativa que dejarle hablar con nuestros contadores y abogados."

El director indica con un gesto a algunas personas elegantemente vestidas, instándolas a que le autoricen a desarrollar un plan de pago para la factura.

"Espera un momento," grito. "¿Me estás diciendo que han pasado doscientos treinta años y que he estado en coma? ¿Cómo es esto posible? ¿Cómo podría haber sobrevivido?"

Uno de los hombres de traje distinguido se aproxima para brindarme explicaciones:

"Señor Harper, soy el señor Smith. La filosofía de este hospital siempre ha sido ofrecer el mejor servicio a sus pacientes, y eso es exactamente lo que hicimos cuando ocurrió el incidente. A lo largo de los últimos doscientos treinta años, el hospital ha velado por su bienestar. A medida que avanzaba la ciencia y la tecnología, adaptamos nuestros métodos para asegurarnos de que estuviera bien, cómodo y, como puede apreciar, en perfecto estado. Nos complace ver que se encuentra bien, y aquí está nuestra factura."

Miro el papel, el señor Smith me lo entrega y se me lloran los ojos, pero antes de que pueda decir nada, otro hombre de traje habla.

"Señor Harper, soy el señor Brown y represento a sus herederos. Usted había escrito sabiamente un testamento en 2013, y este testamento ha permanecido en nuestra práctica legal durante todos estos años. Si recuerdas, pediste que nuestra empresa representara tu patrimonio, ya que no tenías parientes conocidos y, a lo largo de los años, no encontramos ninguno."

El Sr. Brown continúa:

"Además, señor Harper, como cuidadores de su patrimonio, hemos convertido sus ahorros en una cartera bastante importante, como puede ver."

Cuando miro el papel que me entrega el Sr. Brown, me quedo estupefacto por la cantidad que ahora vive en una cuenta en el Banco Internacional de Comercio y Comercio de Marte (BICCM), así como en otras entidades más pequeñas. Mucho más que suficiente para pagar la factura del hospital. Antes de que pueda decir nada, otro hombre de traje se acerca a hablar, pero lo interrumpo.

“Gracias, señor Brown. Usted ha sido mi banquero y aprecio lo que su empresa ha hecho por mí. Tus acciones han diferido de las de otras personas que están a mi alrededor dije,” mientras miraba al señor Smith y a los demás que estaban a mi alrededor.

“Señor Harper, mi nombre es Sr. White, y soy representante de la Oficina de Impuestos Internacionales, división de Australia. Estoy aquí para notificarle formalmente sobre una demanda por impuestos atrasados debido a cuentas no declaradas en sus registros fiscales anuales, según lo estipulado por la ley. Esta omisión por parte de su representante fiscal, el señor Grey señala hacia otro hombre de traje que aparentemente prefiere no estar en la misma habitación que yo ni con nadie. No nos deja más opción que requerir el pago de la suma en un plazo de siete días hábiles,” dice, mientras me entrega otro documento.

“Está bien”, pienso para mis adentros. Primero, está la factura del hospital, luego una declaración que me muestra que tengo mucho dinero para pagar dicha factura y luego alguien más quiere dinero de los impuestos. ¿Qué más puede pasar?

“Señor Harper dice un cuarto hombre vestido de traje, “mi nombre es el Sr. Beige y represento a la Asociación Universal en beneficio de los Animales (AUA). ¿Te acuerdas de tu perro, Poochy?”

"¡Poochy, por supuesto que lo recuerdo! Mi adorable gran danés que comió como un caballo y destruyó mi apartamento, pero esa cara, cómo no amar esa cara. Sí, me acuerdo de Poochy. ¿Qué pasa con él?" respondo.

"Señor Harper, en su testamento redactado en 2013, estableció que, en caso de no poder cuidar de Poochy, los fondos de su patrimonio debían utilizarse para asegurar su bienestar."

Ahora, los dedos índices del Sr. Beige señalan hacia un antiguo testamento descolorido mientras leo la línea que expresa: "...que Poochy permanezca cómodo y cuidado hasta que pueda volver a atenderlo". Al apartar la vista del papel, el Sr. Beige explica:

"Basándose en la redacción de su testamento, su bufete de abogados concluyó que su deseo era que Poochy estuviera presente hoy."

Estoy asombrado. Le digo:

"¿Me estás diciendo que Poochy está aquí?"

"No" responde el Sr. Beige, "pero su bufete de abogados interpretó sus deseos de que los descendientes de Poochy estuvieran aquí para saludarlo cuando pudiera atenderlo, por lo que la AUA ha estado clonando a Poochy durante los últimos doscientos treinta años, y le presentamos tanto a Poochy como a nuestra factura por nuestros servicios."

De repente, la puerta del quirófano se abre y entra en galope Poochy (o una versión de él) y el maldito perro me reconoce y salta sobre mi cama. Después de tomarme uno o dos minutos para limpiarme de su saliva, miro la factura recibida de la AUA y me quedo anonadado.

Allí, frente a mí, están el director, el Sr. Smith, el Sr. Brown, el Sr. White, el Sr. Grey, el Sr. Beige y Poochy, y hago un resumen rápido de toda la documentación que recibí. Facturas del hospital, facturas de la Oficina de Impuestos Internacionales, facturas de la AUA y un plus, un estado de activos de mis banqueros.

Parece que voy a estar bien; Queda un poco de dinero. Luego aparece el hombre de traje número 5:

"Señor Harper, mi nombre es el Sr. Green, y trabajo solo al lado del Sr. Brown, quien administró su patrimonio durante el período en que el incidente lo afectó. Si bien el Sr. Brown administró su patrimonio, no administró nuestra tarifa de administración. Le presento nuestros honorarios de administración de su patrimonio."

El último clavo en el ataúd, pienso para mis adentros, pero cuando miro la declaración que contiene la comisión de gestión, me pregunto si tenía fondos suficientes para una transacción más, una compra más, si es que todavía existen, así que le hago mi pregunta al Sr. Brown.

"Señor Brown, como mi banquero, ¿sabría usted cuál es el costo de un tupé en 2249?"

POLVO DE TORO

Nuestro amor por los viajes nos ha llevado a mi esposa y a mí a algunos de los lugares más emocionantes del mundo. Desde las grandes ciudades de Europa, América del Norte y del Sur, hasta Asia y África y puntos intermedios. Nuestro viaje siempre nos ha llevado a los escenarios más bellos, y el primer viaje de hoy a Australia seguramente complementará nuestro estilo de vida.

Australia es un vasto país/continente, y aunque grande en tamaño físico, tiene una población pequeña y solo un puñado de grandes ciudades. Visitamos Melbourne por la única razón de que mi esposa, Amelia, tiene un primo en Melbourne, Florida, y el nombre Melbourne, bueno, nos vino a la cabeza.

Estudiamos rápidamente todo lo que pudimos sobre Melbourne, Australia y todos sus alrededores. Sin confiar nunca en una agencia de viajes convencional, hacemos toda nuestra investigación a través de Internet y reservamos todo: billetes de avión, alojamiento y coche. Destinamos catorce días a pasar en el lugar para que podamos asimilarnos plenamente con las personas y su entorno.

Llega el día y despegamos del aeropuerto de nuestra pequeña ciudad en Brainerd, Minnesota, conectando en Minneapolis y luego a Los Ángeles, y finalmente aterrizando en Sydney, Australia. Un cambio rápido, y estábamos en Melbourne al mediodía. Encontrando la sección de alquiler de coches, cogemos nuestro coche compacto, y nos dirigimos a nuestro alojamiento, el Ararat.

Damos las gracias a Roger L. Easton, el científico y físico estadounidense que fue el principal inventor y diseñador del Sistema de Posicionamiento Global (GPS), junto con Ivan A. Getting y Bradford Parkinson por encontrar nuestro hotel fácilmente y es una sorpresa. Construido en la década de 1860, tiene tres niveles de altura con ventanas y puertas masivas en un terreno significativo y tiene doscientas habitaciones y dieciséis suites.

Al llegar, nos dimos cuenta de la ausencia de personal para asistir en el estacionamiento, lo cual no contribuyó a una primera impresión favorable. Optamos por estacionar lo más cerca posible de la puerta principal, dejamos nuestro equipaje en el maletero del automóvil, o debería decir en el baúl, como dicta la costumbre. Luego, nos dirigimos a la recepción para formalizar nuestro registro.

El lugar estaba limpio pero lúgubre al mismo tiempo. Los muebles son de principios de la década de

1940, que cuando vimos las fotos en Internet se veían tremendos, pero de cerca, parecen sombríos e incluso mohosos. Al adentrarnos en la recepción, nos encontramos con un caballero de apariencia cercana a los sesenta años. Nos aproximamos a él, nos presentamos y le entregamos nuestros documentos que certificaban nuestra reserva.

Nos saluda, mira nuestros papeles, ve que pagamos por adelantado nuestra estadía, hace una impresión de nuestra tarjeta American Express, nos entrega dos llaves de la suite 2011 y nos dice que nuestra habitación está en el segundo nivel. Preguntamos si hay un botones para recoger nuestras maletas; sonríe y dice que no, que no hay nadie más que él, el cocinero y un limpiador de la casa durante el día y por la noche está el encargado de la recepción nocturna. Nos señala el ascensor y nos da un pequeño plano del hotel y los círculos donde estaría el comedor para el desayuno completo que vino con nuestra reserva, y luego simplemente se da la vuelta y camina hacia la oficina trasera del área de recepción. "Bien", pienso para mis adentros, "doscientas habitaciones y dieciséis suites y solo una limpiadora de casas. Esto va a ser una experiencia o una catástrofe, pero crucemos los dedos, todo estará bien".

Prefiero no adelantarte que mi evaluación en Travel Advisor será extensa, pero siento la responsabilidad de alertar a otros sobre este establecimiento. A pesar de no ser un ferviente lector de reseñas, dado que algunas parecen ser falsificadas, mi conocimiento previo sobre este hotel se limita al sitio web, que ahora percibo como exagerado en su descripción del ambiente del lugar.

La Suite 2011 es enorme; debe tener más de dos mil metros cuadrados, que es más grande que nuestra casa en Brainerd, así que eso es impresionante. Los muebles, de nuevo a finales de la década de 1940, pero parecen resistentes, y la cama es grande y limpia. Desempacamos, nos lavamos un poco y salimos a la carretera antes del anochecer, con la esperanza de comer algo y regresar a nuestra habitación antes de que anochezca.

Internet nos ha dado algunas ideas de la zona, y nos encontramos con que el *Harvest Hall Café* está cerca del Parque Nacional de los Grampians y está a menos de una hora de distancia. Tiempo de sobra para ir, comer y volver. La comida es maravillosa y, por supuesto, eso significa una excelente reseña de Travel Advisor, pero tenemos una conversación un poco desconcertante con nuestro camarero, un joven de veintitantos años. Nos dice que conoce el Ararat y nos relata que se llamaba el Manicomio de Ararat, y que escuchó que más de 13.000 personas fallecieron dentro de los muros y en estos días el hospital psiquiátrico abandonado, convertido en hotel, parece estar embrujado.

Nuestro viaje de regreso al hotel es solemne. Hemos pagado una estadía completa de catorce días por adelantado, y establece claramente que no brindan ningún reembolso por ningún motivo, por lo que decidimos que al menos podemos probar el lugar esta noche y tomar una decisión sólida por la mañana después de nuestro desayuno. Al llegar, encontramos el lugar totalmente a oscuras con solo unas pocas lámparas encendidas. Caminamos hacia el mostrador de recepción y vemos al gerente nocturno; Es incluso mayor que el gerente de día. Nuestros ojos se conectan y él asiente con la cabeza, así que nos acercamos a él y le preguntamos; "¿Dónde están el resto de los invitados?" Nos mira y nos dice: "Ustedes dos son los únicos invitados". Luego se da la vuelta y también entra en la trastienda.

Aunque la afirmación resulta desconcertante, nos percatamos de que, en un edificio tan imponente, con un personal reducido y la ausencia de otros huéspedes, deberían haberse activado alarmas, advirtiéndonos y proporcionándonos alguna señal. Sin embargo, la noche ha caído y nos encontramos exhaustos. Dada la aversión de mi esposa por conducir de noche, decidimos dirigirnos a nuestra suite.

Nos apresuramos a cambiarnos y nos instalamos en la amplia cama, sintiéndonos más cómodos y acogedores al instante. En poco tiempo, mi esposa está profundamente dormida, roncando suavemente, y estoy seguro de que yo también entro en un reparador sueño.

Poco después de la medianoche, el sonido de algo que corre de un lado a otro del pasillo nos despierta. Lo escuchamos y se prolonga durante varios minutos. Me levanto, abro la puerta y no hay nada en el pasillo oscuro. La única luz solo permite una vista de unos pocos pies desde la puerta de la suite. Vuelvo a meterme en la cama, le aseguro a mi esposa que todo está bien y, de repente, escuchamos los mismos sonidos de carrera. Esta vez los dos nos levantamos de la cama, abrimos la puerta y miramos hacia el pasillo; nada que ver.

Nos ponemos los camisones proporcionados por el hotel y nos dirigimos a la recepción principal y encontramos al gerente nocturno leyendo un periódico. Le preguntamos por el ruido que acabamos de oír y nos dice:

"Hay una leyenda sobre un antiguo huésped que vivía en el hotel hace cien años. Una noche, irrumpió y mató a una docena de hombres de un campamento maderero local que se alojaban en el hotel. Los cortó en pedazos y le dio de comer sus corazones a su gato favorito. El hotel está embrujado por su..."

"¡Oh, no!" grita mi esposa.

"¡El fantasma del gatito!" dice el gerente nocturno.

Un viajero experimentado habría llevado a cabo una investigación más exhaustiva; pensé que nosotros, como avezados conocedores, estábamos a la altura de la tarea. No obstante, tras escuchar esta inquietante narrativa, regresamos a nuestra suite, nos cambiamos rápidamente, volvimos a empacar y abandonamos el Hotel Ararat en menos de doce minutos. Dejamos tras de nosotros únicamente una nube de polvo y grava, escapando velozmente del lugar.

Encontramos un hotel de dos estrellas cerca del Parque Nacional de los Grampians y reservamos para pasar la noche. Por la mañana, hablamos con la persona de recepción y le explicamos lo que había sucedido. Cuenta que desde que el Manicomio de Ararat cerró en 1998, una familia compró el lugar y renovó la entrada principal y su área de recepción y renovó una enorme suite: 2011. Se anuncian en Internet, pero solo tienen esta suite. Una vez reservado, saben que nadie se quedaría en toda su estadía, ni siquiera una noche, y con una política de no reembolso, están ganando dinero a manos llenas cada día.

"¡Entonces, es una estafa!" digo yo.

"No, la verdad es que no. También formamos parte de la misma familia, y anoche no tuviste ninguna dificultad para dormir. ¿A dónde te diriges hoy en tu visita a Australia?"

Entonces, aprendemos una cosa sobre Australia durante esta visita; Los australianos están llenos de polvo de toro. ¡Mira, incluso hemos aprendido la jerga, amigo!

DINGO DEL INFIERNO

La antorcha silbó cuando la sumergí en el río y dejé que la corriente se llevara la luz. Entonces me quedé solo en la oscuridad con los ojos rojo-ámbar. Mirándome de una manera furiosa y odiosa, como si me odiara por estar aquí, en su territorio, mirándolo como mi presa. Mis experiencias con los dingos habían sido una relación simbiótica. Todos los dingos tenían personalidades individuales al igual que las personas, y no había dos iguales.

En su mayoría, los dingos son un grupo amigable. Había visto cómo los dingos adultos son amigables entre sí y amables con los cachorros. Había un buen sentimiento innato entre ellos. Este dingo, sin embargo, había presentado un problema, uno que tenía que resolver ahora.

Algo transformó a este dingo en un depredador agresivo, atacando mi rebaño y acercándose peligrosamente a mi granja. Lo que lo hace destacar es la rareza de sus ojos de color rojo ámbar, una característica poco común entre los dingos cuyos ojos maduros tienden a variar de amarillo a naranja, no mostrar tonos de brasa roja. La pérdida de ganado ya es preocupante, pero la invasión directa a la granja eleva la gravedad del problema.

Tras un infructuoso intento de localizarlo durante el día desde el helicóptero del ayuntamiento, la búsqueda me pareció ineficaz. Los dingos son animales astutos que han aprendido a asociar el peligro con el sonido, esperando a que el ruido cese antes de aventurarse en el espacio abierto de manera segura. Ante esta realidad, decidí rastrearlo durante la noche, llevándonos ahora a encontrarnos cara a cara.

Un dingo podía ver mucho mejor que un humano, especialmente de noche, así que traje la antorcha y la encendí sabiendo que esto al menos podría darme una mejor oportunidad cuando encontrara a la bestia. Al ver algunas huellas, las seguí hasta la orilla del río Nepean, donde lo encontré.

Los perros han compartido una extensa historia de interacción con los humanos durante más de diez mil años, desarrollando la capacidad de mantener un contacto visual prolongado. Sin embargo, los dingos difieren de nuestros amigos domésticos en este aspecto. Mientras que los perros pueden sostener la mirada humana por hasta un minuto, los dingos rara vez lo hacen más de cinco segundos. El ejemplar frente a mí, sin embargo, se comportaba más como un perro, uno con ojos rojos que emanaban una peligrosidad extrema.

Mientras le devolvía la mirada, intuía que atacaría en cualquier momento, así que no lo dudé. Levanté mi escopeta y apunté. El animal se congeló por un segundo, pero luego, con una velocidad infernal, saltó hacia mí con sus colmillos apuntando a mi cuello. Disparé y el animal cayó, muerto.

Dejé el cuerpo donde cayó, pero hasta el día de hoy me pregunté si se trataba de un dingo o de un dingo del infierno.

¿LO HARÍAS?

En el hermoso municipio de Happy Valley, Nueva Gales del Sur (NSW), en Main Street, se encuentra Happy Valley's *Coffer Bros*, una tienda única especializada en antigüedades australianas. Heredé mi tienda de mi abuelo, quien la heredó de su padre. Este paso generacional de la antorcha solo se saltó a mi padre, quien murió durante el conflicto coreano de principios de la década de 1950 después de que yo naciera. Abrimos la mayoría de las noches tarde, ya que muchas de nuestras ventas son con cita previa.

La tienda tiene todo lo que puedas imaginar sobre la historia australiana, desde muebles, joyas, cerámicas, pinturas, bellas artes y recuerdos de películas hasta libros. Este surtido de artículos diversos, únicos y exquisitos está disponible para cualquier persona que entre en mi tienda o en línea. Un gran escaparate muestra unos magníficos muebles a la venta. Por ejemplo, una vitrina vidriada de cedro colonial de alrededor de la década de 1860, construcción completa de cedro, que puede ser suya por $8,000.00. Junto a esta pieza hay un Margaret Preston - Harbour Foreshore NSW c1925, valorado en $25.000 dólares por un pequeño Zhou Xiaoping 2010 (también conocido como Jarrón de botella azul y blanco, con diseños de una pintura de Johnny Bulla), por solo $4.000 dólares, por lo que todos los gustos y presupuestos están disponibles.

Mi personal es profesional, bien educado y sabe lo que hace, pero todos son empleados a tiempo parcial, por lo que llevo la mayor parte de la carga de administrar la tienda. Justo donde se encuentran la sección T de Oxley Street y Main Street es donde se encuentra la tienda. Cuando los conductores se detienen en el semáforo para girar a la izquierda o a la derecha en Main Street, mi tienda está en su línea de visión.

Después de nuestra última cita a las 8 p.m. de esta noche, le doy las buenas noches a todo mi personal, y miro mi escaparate, haciendo una nota mental para hacer algunos arreglos al día siguiente que cierre la puerta principal. Camino hacia la parte trasera de la tienda para apagar las luces principales, dejando solo una pequeña luz brillando en la ventana delantera. Mientras camino hacia la parte trasera de la tienda, justo antes de encender la alarma de seguridad, se oye un estruendo y se siente como si un coche se hubiera estrellado contra la tienda, haciendo un sonido como si hubiera estallado una bomba.

Inmediatamente me cubro de polvo, incluso algunos vidrios del escaparate y veo toda la destrucción de todos los artículos en el escaparate delantero, pero también de varios otros muebles y baratijas.

A medida que el polvo se asienta, puedo ver que algo ha sucedido, aunque no puedo determinar qué. Pienso que alguien ha lanzado una bomba o algo así, pero si ese hubiera sido el caso, no estaría vivo para contar esta historia, ¿verdad?

Pasan unos segundos y oigo una voz:

"Oh, mis disculpas. Parece que me quedé dormido y terminé chocando contra tu tienda. Todos están bien, ¿verdad?"

Curioso, puedo escuchar la voz, pero no veo a nadie.

"¿Quién ha dicho eso?" le pregunto.

"Disculpa, debo presentarme. Mi nombre es Walter Griffin IV, a su servicio. Por favor, llámame Wally."

Todavía puedo oír la voz, pero no puedo ver a nadie.

"¿Dónde estás? Sal de donde te escondes para que pueda verte," afirmo.

"De nuevo, mis disculpas, se me olvidó. Déjame coger mi sombrero para que puedas verme," responde Wally, mientras vengo a llamarlo a partir de ese momento.

De repente, un poco de polvo sale volando de una sección del área donde ocurre la explosión, y aparece un sombrero que de repente se eleva y luego parece flotar lentamente en el aire y luego se inclina como si alguien hubiera usado su dedo para moverlo.

"Aquí, estoy seguro de que puedes verme ahora," responde Wally.

Decir que el corazón me late con fuerza sería el cliché del siglo, pero donde flota el sombrero, la voz se emite. Entonces, algo tiene que estar ahí.

"Wally, ahora detén este ridículo espectáculo y preséntate," le exijo.

"Señor, mi nombre es Walter Griffin IV, mi abuelo es el Hombre Invisible que se hizo famoso por la historia de H. G. Wells que muchos pensaron que era una obra de ficción, pero no lo era. Con el paso de los años, mi abuelo se casó, tuvo un hijo que también era invisible y se casó, y aquí estoy, frente a ustedes. Bueno, más o menos," dice Wally.

"¿Por qué has destruido mi tienda?" le pregunto.

"Lo siento, como mencioné antes, debo haberme quedado dormido y saltar la acera y correr hacia su escaparate."

"¡Me quedé dormido! ¿Qué conducías?" Le pregunto.

"Un hermoso Ford Coupé rojo de 1934 con una carrocería de acero nada menos que impresionante. El interior es de tela gris con asientos de corbeta. El motor es un corvette 327cu v8 de 1962 con una transmisión manual de 4 velocidades. Agregué una parte trasera de 4 enlaces, aire acondicionado, techo recortado, techo corredizo, un Apple CarPlay Kenwood de 6.8 pulgadas, una pantalla táctil de navegación de audio Android, una radio digital y un eje delantero abatible que le da una postura de aspecto mucho más agresivo. Ojalá pudieras verlo," explica Wally.

"¿El coche está en mi tienda?" le pregunto.

"Sí, si tuviera la amabilidad de ayudarme a sacarlo a la calle antes de que la gente se pregunte qué ha pasado y llegue la policía. Te lo agradecería," Wally pregunta tímidamente.

Siguiendo sus instrucciones, empujé el coche invisible simplemente siguiendo el sombrero y la voz de Wally. Luego se sube a su auto y dice antes de salir a toda prisa:

"De nuevo, lo siento, pero estoy seguro de que le explicará este incidente menor a su compañía de seguros."

Me quedo allí y pienso: "Sí, podría explicarle esto a mi compañía de seguros, a la policía y a cualquiera que me pregunte qué pasó, pero entonces, ¿quién me creería?"

"¿Lo harías?"

EQUIDAD VERSUS JUSTICIA

"No sé cómo se manejan este tipo de cosas en la Tierra, pero aquí en Marte, no dejamos que los asesinos anden libremente". The Martian News citó a la alguacil Sandra Ballesteros de Happy Valley City.

Ser sheriff del asentamiento más antiguo de Marte tiene muchos puntos positivos a favor del puesto. En primer lugar, eres el sistema judicial, ya que ningún juez honesto quiere vivir, trabajar y presidir ninguno de los asuntos domésticos, comerciales y penales que surgen en cualquiera de los asentamientos en Marte. Manejamos todos los casos judiciales a través de SPOTS (Satellite Plain Old Telephone Service), una combinación de transmisión hipercinética que permite a ambas partes estar en la misma habitación que un holograma y así agilizar los procedimientos judiciales.

En segundo lugar, el fiscal de Marte maneja todos los asuntos de la Tierra, pero las leyes no son leyes terrestres, sino leyes de Marte. Usando los siguientes libros de códigos: *Civil Litigation 2450—2455 Volumes I—IX* por Susannah Hill-Smith. *Leyes de vuelo, viales y marítimas aplicadas en Marte* por Thomson Kimberley. *Fundamentos de la Ley Privada Marciana* de Robert Preston, *Directrices para la*

Evaluación de Daños Generales y Casos de Lesiones Personales en Marte de Arthur Maxwell, *Las Reglas de los Robots de* Hugo Paul-Carson y Aplicación de los *Códigos Penales en los Nuevos Asentamientos Marcianos: 2415-2495* de Virginia y Abraham Kakos entre otros.

En tercer lugar, mientras que en la Tierra el proceso es convencional: primero te acusan de un delito, encuentras un abogado que te representa y luego solicitará la libertad bajo fianza (tal vez sí y tal vez no), se elige una fecha para el juicio y eliges un jurado, pasas por las declaraciones de apertura, el testimonio de los testigos y el contrainterrogatorio, los argumentos finales, la instrucción del jurado, deliberación del jurado y luego se anuncia el veredicto y se produce la posibilidad de una apelación, el proceso varía un poco en Marte.

En Marte, el sheriff del asentamiento se encarga de una "queja". La queja podría ser un asunto civil entre dos vecinos, problemas de valla, por ejemplo. O la queja podría ser un problema comercial entre dos empresas, entrega defectuosa de productos, nuevamente como ejemplo y, hay una denuncia penal: robo, A & M (allanamiento de morada), un problema entre un humano y una IA (los llamamos 'eso', en su mayor parte) y finalmente hasta el asesinato. El asesinato es la razón por la que ahora se encuentra al sheriff Ballesteros hablando con el disidente, el Sr. Michael Easterbrook.

El departamento del alguacil de Happy Valley City está compuesto por la alguacil Sandra Ballesteros, su asistente adjunta, dos detectives y cuarenta y cuatro oficiales de golpe. La posición del sheriff en Marte es única: actúa como "coordinador" del proceso de investigación y del proceso judicial al mismo tiempo.

Con respecto a Michael Easterbrook, la denunciante declaró que el Sr. Easterbrook la asesinó sin provocación, por lo que el Sheriff Ballesteros ha detenido al Sr. Easterbrook, lo ha encarcelado y le ha presentado el video sensorial de la denunciante, una Sra. Sally Brunswick de la Sección Tres, Nivel Seis en la dimensión este de Happy Valley City.

Una presentación sensorial en video es altamente apreciada por todos en el departamento del alguacil. Se trata de una exposición clara obtenida a partir de la corteza óptica implementada en todos los seres humanos que residen en Marte. En este planeta, cada habitante, al emigrar o nacer, recibe implantes para los cinco sentidos básicos: tacto, vista, oído, olfato y gusto. Estos dispositivos permiten a la policía abordar cualquier "queja" presentada por el denunciante de manera eficiente, ahorrando tiempo y costos significativos en comparación con el proceso terrestre.

La Sra. Brunswick, como "denunciante" (y ahora fallecida) busca poner fin a la vida de Michael Easterbrook, ya que la presunción de inocencia hasta que se demuestre lo contrario no se aplica en Marte. En este planeta, si alguien es capturado o se sospecha de su participación en un delito, es encarcelado sin posibilidad de liberación hasta el día de su comparecencia en la corte. Durante este proceso, participan diversas partes, incluyendo al disidente, el fiscal de la Tierra ajustándose a las leyes marcianas, el Sheriff de la Sección, el "denunciante" (en este caso, la fallecida Sra. Brunswick) y los sensores visuales del demandante.

El Sr. Easterbrook debe probar de alguna manera que no asesinó a la Sra. Brunswick basándose en las pruebas sensoriales presentadas por el Sheriff Ballesteros al Sr. Easterbrook.

El fiscal de la Tierra se asegura de que las pruebas consten en los archivos del tribunal y de que el disidente vea las pruebas el día del juicio. Todos los procedimientos se rigen por las leyes y se publican en la biblioteca legal de Happy Valley City.

El alguacil Ballesteros, una vez terminada la presentación de las pruebas al Sr. Easterbrook, encenderá el "reloj judicial".

El reloj judicial se sienta frente al disidente, proporcionándole un plazo de treinta minutos para contradecir las pruebas. Si el disidente no puede o no quiere presentar pruebas suficientes en contrario, se le declara culpable, se le esposa, se le lleva a la cafetería del tribunal, se le proporciona el almuerzo y luego se le lleva a la cámara de ejecución, donde se le vaporizará utilizando la última tecnología disponible para garantizar una ejecución rápida e indolora.

Los hechos históricos de los registros de la Tierra muestran, por ejemplo, que en 2117 los tribunales penales completaron 2.315.344.176 cargos contra 546.141.024 acusados. La mediana de tiempo entre el internamiento para el juicio y el resultado aumentó de 289 días en 2013 a 376 días en 2217. Este aumento de tiempo ha creado un costo inmenso para el sistema judicial de la Tierra. Revisiones posteriores muestran que entre 2013 y 2017, el número anual de delincuentes condenados que recibieron una pena de prisión aumentó de 1.122.459.570 a 3.324.813.042, un aumento sin precedentes en la historia. Un poco más de la mitad (59%) de este crecimiento se debe al aumento del número de comparecencias ante los tribunales. El resto se debe a un aumento en la proporción de delincuentes condenados que reciben penas de prisión. El costo de procesar y encarcelar a una persona promedió alrededor de $110,000 en 2017 y el costo siguió aumentando cada año.

Cuando la Federación de Naciones Unida aprobó la colonización de Marte en 2402, resolvió que sus colonizadores, nuevos inmigrantes o marcianos natos o cualquier androide no tolerarían esos procedimientos judiciales por criminalidad en Marte. El sistema judicial promulgó las nuevas leyes para mejorar la habitabilidad de

Marte y aplicar la coherencia de dichas leyes en todo el nuevo mundo y sus ciudades como Happy Valley City.

Desde el establecimiento de Happy Valley City en 2403, la población de Marte ha alcanzado los 32,232,245 individuos según su último censo, y la tasa de criminalidad ha sido del 0.00012700% o cuarenta y un disidentes, todos procesados utilizando el método actual de la ley. El costo de procesar y terminar la vida útil de un disidente es de $1,326.78 o menos de $55,000 al año en la Tierra.

Mientras la Tierra continúa expandiéndose hacia el sistema solar, más planetas están incorporando, con cambios menores, las leyes de Marte, lo que permite a la humanidad prosperar.

"¿Son las leyes de Marte tan justas como las viejas reglas de la Tierra?" Un reportero del Australia Morning Herald le preguntó al sheriff Ballesteros si había alguna justicia en Marte. El alguacil Ballesteros respondió: "La equidad consiste en que la posición de las personas en la sociedad esté determinada por factores que están bajo su control. Pero en Marte prevalece la justicia, y esa es la diferencia".

POR VIDA

"Todo lo que puedo decir es, por favor, dame una segunda oportunidad, cariño. Nunca había hecho esto antes, solo esta vez, y lo siento mucho," dije, sintiéndome fatal.

"Discúlpame, Walter, pero eres un hipócrita. Después de todo lo que hemos pasado, ¿así es como me tratas? ¿Cómo puedes esperar que te dé una segunda oportunidad?"

A medida que la conversación continuaba, mi mente se desvió hacia nuestro primer encuentro. Fue en los primeros días de la primavera de 2015. El clima se estaba volviendo un poco más cálido y se podía oler y disfrutar de esas nuevas lluvias. Hice lo de siempre esa noche cálida y bochornosa. Estaba al acecho, buscando lugares para visitar y disfrutando de mi vida. Y entonces la vi, ¡Belinda! ¡Qué criatura tan hermosa!

En una noche cualquiera, se podía observar a numerosas mujeres deambulando por las farolas, fusionándose en la penumbra; si sabes a lo que me refiero, ¿no? Sin embargo, Belinda destacaba. Me percaté de que se encontraba cerca de su hogar; parecía ser del tipo de persona que no se aventuraba demasiado lejos, optando por la prudencia en lugar de fomentar el caos. Parecía estar cuidadosamente buscando la compañía adecuada, por así decirlo.

Vestida con un tono beige/tostado y un matiz blanco, lucía igualmente exquisita y esbelta. Su cabello, cual antenas diseñadas para cautivar, añadía un toque de excitación a su presencia.

Cuando me miró, percibí la chispa que saltaba entre nosotros. Estaba seguro de que ella también lo sentía, ya que se mostraba inquieta, revoloteando ligeramente. En este mundo, todos los individuos del género masculino buscaban una pareja para emprender juntos la vida y encontrar plenitud. Muchos aspiraban a formar una familia, deseando contribuir al nido doméstico con descendencia, mucha descendencia. Sin embargo, me estoy adelantando un poco en mi relato.

"Sí, Belinda, entiendo que lo que hice fue terrible," le respondí, mientras seguía recordando.

Nuestra relación, mi noviazgo con Belinda, era tan saludable como se puede esperar en cualquier pareja. La competencia por conquistar el corazón de Belinda era intensa. En esa cálida noche, parecía que ella desprendía numerosas feromonas, desatando la locura entre los machos a su alrededor. Sabía que debía actuar con rapidez si quería ganarme su corazón, reclamarla como mi reina y convertirme en su rey.

Tenía un plan. La mayoría de los planes solían ser elaborados, pero el mío era sencillo. Ponerme cómodo al lado de Belinda, y si a algún otro macho atraído se le ocurriera acercarse, bueno, lo sacaría de allí, seguro.

¿En qué estaba pensando? Parecía que apenas había transcurrido una hora desde nuestra luna de miel y ya quería alejarme. Me sentía bien, pero al mismo tiempo, me invadía una sensación de culpabilidad. Y aquí me encuentras ahora, implorándole a Belinda una segunda oportunidad. Aunque las termitas se aparean de por vida, a veces, nos desviamos.

"Entonces, te pregunto, Belinda, ¿podrías brindarme una segunda oportunidad y permitirme ser tu rey, para ti, mi reina?"

"Sí," respondió ella.

¡Así que, estaremos juntos de por vida!

ESCRITOR DE FANTASMAS

El teclado está vertiendo palabras tras palabras. Me detengo y leo. Nada tiene sentido porque por mucho que me concentre, no sale nada que valga la pena poner en el papel. Decido que se requiere un breve descanso, así que uso el botón Eliminar, la tecla de retroceso y dejo una página en blanco en mi procesador de textos. Cierro la pantalla del ordenador y me voy a tomar un poco de aire fresco.

Mi éxito como escritor ha sido limitado. Un cuento publicado y multitud de rechazos, pero sé que no viviría de esta carrera de inmediato. La idea del éxito siempre está presente, pero Dios mío, ¿tiene que ser tan difícil?

Tener un autor en la familia hace que mi escritura se vea sometida a más presión. Mi difunto abuelo materno era una persona maravillosa, un abuelo fantástico y un excelente escritor de novelas y poesía. Mientras camino por mi patio trasero, recuerdo todas esas tardes en su regazo mientras usaba su vieja máquina de escribir Smith Corona para presentar sus pensamientos al periódico. Recuerdo con alegría que me decía que 'golpeara las teclas' y que lo ayudara en sus trabajos. Las palabras parecían fluir de sus dedos a la página. Hizo que pareciera tan fácil, y crecí queriendo ser como él. Miro mi reloj y me doy cuenta de que he estado deambulando por mi patio trasero durante más de 20 minutos y necesito hacer algo de trabajo, incluso si eso significa escribir la primera oración en una página.

Vuelvo a sentarme frente a mi computadora y me doy cuenta de que la pantalla está encendida, mientras me acomodo ajustando la lámpara del escritorio y moviendo un poco mi cuaderno. Miro la pantalla de la computadora y encuentro que la página en blanco que dejé ya no está vacía, sino llena de palabras, muchas palabras.

Mirando la pantalla, me hipnotizo y empiezo a leer. Las oraciones fluyen maravillosamente con excelentes imágenes y sintaxis, todo unido para hacer que el trabajo de un editor primerizo sea tan fácil. Las palabras no parecen tener errores tipográficos, puntuación incorrecta y todas se presentan en el mismo tiempo.

Después de leer la historia, me siento y me pregunto cómo ha aparecido esta historia en mi computadora. Al no tener respuestas, volví a leer la historia. Una vez más, estoy fascinado por ello. Encaja en el molde de un cuento perfecto para su publicación. Al ir a Internet, copio y pego un párrafo entero con la esperanza de que mi motor de búsqueda encuentre algo en línea para asegurarme de que esta historia no sea obra de nadie más. La búsqueda produce algunos resultados, pero nada que diga que este párrafo sea parte de algún trabajo publicado conocido de algún autor.

Sin vacilar, redacté rápidamente un correo electrónico a mi editor y envié la historia como propia, justo a tiempo para la publicación de la semana siguiente en la revista que había publicado mi único cuento hasta el momento. Opté por no escribir más hasta recibir una respuesta por parte de mi editor.

Tres días después, recibí un correo electrónico veloz de mi editor, quien expresó que la historia resultó fantástica y sería incluida en la revista de esta semana. Adjuntó un comprobante de cuenta por pagar para el pago de la historia y manifestó su anticipación por ver otra obra mía en el próximo número. Por lo tanto, me preguntaba si sería tan amable de proporcionarle una historia lo antes posible.

Sentado, paralizado frente a la pantalla del correo electrónico, mi mente se llena de asombro. Decido visitar el sitio web de la revista y, para mi sorpresa, encuentro mi historia ya publicada, con más de 35,000 visitas registradas. Dado que hoy es jueves, si nadie más ve la historia, me espera un pago adicional sustancial por la cantidad de visitas, además de mi pago por adelantado. La emoción y la gratificación se mezclan mientras asimilo la magnitud del impacto de mi obra.

Sabiendo que hoy recibiré mi pago por adelantado en mi cuenta, decido darme un capricho con un buen almuerzo de carne y un par de cervezas en el pub local para luego volver a escribir. Me siento inspirado por lo que ha sucedido y me voy a almorzar, dejando mi computadora encendida con mi procesador de textos listo para funcionar.

Durante la caminata de regreso del almuerzo, mi

mente se esfuerza por encontrar una idea para plasmar en papel, pero una vez más, me encuentro en blanco. Decido detenerme y tomar un sorbo de un expreso, con la esperanza de que estimule mis pequeñas células grises. Lamentablemente, después del café y de seguir caminando a casa, me doy cuenta de que nada ha cambiado en mi inspiración.

Al llegar a casa, me siento frente a la computadora y ahí en la pantalla hay otra historia. Al leerlo, vuelvo a ver el increíble fluir de palabras elocuentemente presentadas al lector de tal manera que me recuerda los trazos expertos de un pintor inspirado por su musa mientras produce una obra de arte. Continuando mi lectura, me enamoro de los personajes, de la historia, de todo. ¡La historia es perfecta! Repitiendo mi investigación previa para un autor, encuentro que nadie ha creado una obra de prosa de este tipo antes y, sin dudarlo, disparo esta historia en un correo electrónico a mi editor.

Dejo el procesador de textos encendido con una página en blanco y salgo al frente de la casa y me siento en mi porche delantero y veo a la gente pasar y, después de 20 minutos, vuelvo a mi computadora, que nuevamente tiene otra historia lista para que la lea. Repitiendo esta acción durante la próxima semana, termino con más de cuarenta historias. A medida que introduzco lentamente estas historias a mi editor para su publicación, compruebo las vistas en línea y veo que cada historia crece con sus lectores y que mis pagos posteriores son cada vez más grandes, lo que, por supuesto, ¡me encanta!

Entonces, todo se detiene. Dejo la computadora encendida con una página en blanco en mi procesador de textos, regreso y lo único que encuentro es otra página en blanco. Repito la acción, pero el resultado sigue siendo el mismo: ninguna historia, solo una página en blanco. Mi editor ahora solicita más información, ya que la circulación de la revista impresa ha aumentado con nuevos suscriptores gracias a mis historias, y la audiencia en línea ahora supera el millón de visitas semanales. Sin embargo, no he escrito una palabra propia en más de dos meses, y la fuente de mis nuevos ingresos ha dejado de producir. ¿Qué debo hacer?

Mientras camino en la oficina de mi casa, escucho que el teclado se inicia solo y las palabras se lanzan al procesador de textos. Una nueva historia completa, espero, pero luego me doy cuenta de que solo contiene unas pocas frases. Leyendo las frases, encuentro un mensaje para mí. Dice: "¿Qué tal si golpeas las teclas ahora?"

FELIZ Y ENAMORADO

Sally y yo estamos enamorados, y a lo grande. Ambos tenemos dieciocho años y acabamos de completar nuestro último año en la Universidad Tecnológica de Happy Valley, Nueva Gales del Sur. Ahora estamos listos para nuestro futuro juntos.

Hemos completado todos nuestros exámenes de ingreso a la universidad y solo estamos esperando que esta nos acepte en sus pasillos de educación superior; y para celebrar mientras esperamos nuestra respuesta, ¿qué mejor manera que un baño a la luz de la luna en Old Potter's Pond cerca de Harrington Grove?

Ahí es donde nos dirigimos esta noche, diciéndoles a nuestros padres que íbamos a reunirnos para ver una película en la cercana Happy Bay a las 8:30 p.m. para el espectáculo de las 8:45 p.m. de 'Greta', un thriller psicológico. Cada uno de nosotros lleva sus bañadores debajo de la ropa. Nos subimos a nuestros coches y nos encontramos en la entrada de los matorrales para llegar a Old Potter's Pond.

Al pasar por la entrada, vemos que hay un gran parque infantil para que los niños pequeños disfruten y muchas mesas y barbacoas para que las familias experimenten durante una excursión familiar. Los carteles muestran una variedad de rutas de senderismo en función de las diferentes edades y niveles físicos de las personas que quieran disfrutar de esta actividad, con caminatas que van desde los dos mil metros hasta más de tres kilómetros. Al llegar al sitio de Old Potter's Pond, nos encontramos con una escalera de madera que nos permite un fácil acceso al estanque. Allí es donde vemos una gran playa de arena blanca para que nos sentemos y absorbamos la belleza de la noche y todo el esplendor que nos rodea. La noche es perfecta para el amor adolescente. Con un cielo despejado y una luna brillante iluminando a través de todos los árboles, caminamos de la mano para encontrar el lugar perfecto en la playa de arena, colocar nuestras mantas y quitarnos la ropa.

Sally llevaba su precioso bikini amarillo de lunares, del que siempre me burlo porque me recuerda a la vieja canción de Brian Hyland que se hizo famosa en 1960. Sally se ve hermosa en él, con su brillante cabello castaño rojizo brillando a la luz de la luna. Tengo puesto lo que ella describe como mis bañadores caídos: un calzoncillo corto pero elegante ajustado azul agua hecho de poliéster de secado rápido con miles de pajaritos amarillos. Este es el nadador más horrible que mi madre me compró hace dos años, pero me quedan bien, así que no me importa que Sally se burle de mí.

Nos recostamos en nuestras mantas, observando las estrellas que parecían brillar al compás de una melodía celestial, mientras contemplábamos la majestuosidad de la Estrella Polar. Giramos hacia el otro y compartimos risas, sumergiéndonos en las historias tontas que nos contábamos. Aunque escuchamos un ligero chapoteo de agua en el estanque, decidimos continuar con nuestra animada conversación.

Tomamos un breve descanso para dirigir nuestra mirada hacia el cielo estrellado, pero esta vez notamos la ausencia de la Estrella Polar. Sin nubes que obstruyan nuestra vista, nos desconcertó esta peculiaridad. "¡Qué extraño!", nos dijimos mutuamente mientras tratábamos de comprender el misterio celestial que se desplegaba ante nosotros.

Decidimos que era el momento perfecto para nadar, así que nos dirigimos hacia la orilla. En las aguas azules, captamos los reflejos de las estrellas, creando un escenario deslumbrante en el fondo del estanque. El reflejo de la luz es particularmente intenso en este lugar. Sally decide sumergirse bajo la superficie, y durante un largo momento, el estanque permanece en silencio, generando cierta inquietud en mí.

Finalmente, Sally emerge a la superficie sosteniendo en alto lo que parece ser la Estrella Polar, esa estrella que suele ser la protagonista de los deseos. El brillo en sus ojos revela que ha encontrado algo especial en las profundidades del estanque.

Mientras Sally caminaba de regreso a la playa de arena y sostiene la estrella en sus manos, dice:

"¿Qué deberíamos desear? ¿Nuestra felicidad para siempre?"

"No," le digo, "deseemos que la estrella vuelva a su lugar en los cielos, de esa manera todos los que la vean también puedan desear cosas maravillosas."

Con un rápido movimiento de su mano, Sally lanzó la Estrella Polar hacia el cielo nocturno, y la vimos moverse a su punto en el firmamento hasta llegar al lugar donde ha estado durante miles de siglos.

Nos miramos los unos a los otros, sabiendo que habíamos hecho lo correcto por todas esas personas que son felices y están enamoradas.

SEGURO QUE HABLA RARO

"Me gustaría comprar un billete de avión al lugar más lejano para convertirse en anfisciano" dije, sonriendo a la empleada del mostrador.

"Disculpe, señor, ¿podría repetir su petición?," respondió la empleada de la aerolínea.

"Ciertamente," le devuelvo la sonrisa a la empleada. "Me gustaría comprar un billete de avión al lugar más lejano que me facilite convertirme en anfisciano."

"Lo siento, señor. ¿Podría deletrearme?" bromeó.

"Por supuesto," dije. "¿Qué palabra quieres que deletree?"

"Bien, señor, no sé cuál es el destino que desea visitar," fue la respuesta.

"Oh, ¿te refieres a anfisciano?" le pregunto.

"Sí, señor. Si pudiera deletrearlo por mí, podría buscarlo en mi catálogo de destinos."

Le dije:

"Deletreé la palabra como suena, a-n-f-i-s-c-i-a-n-o. ¿Eso ayuda?"

"Gracias, señor," dijo la empleada de la aerolínea mientras tecleaba en el teclado y en un momento, dice: "¡Señor, no hay tal destino en el mundo!"

"Disculpe, señorita, no pretendo ser un cliente difícil, pero parece que está de humor para esquivar sus responsabilidades. Me gustaría hablar ahora con alguien de autoridad, por favor."

La empleada de la aerolínea parecía desconcertada mientras corría hacia un individuo cercano de aspecto severo y caminaba de regreso a su estación acompañada por dicho individuo.

"Señor, ésta es mi supervisora inmediata, la señora Blankenship. Ella le ayudará a partir de ahora."

La Sra. Blankenship se hizo cargo de la conversación y dijo:

"Señor, parece que está tratando de ponernos en ridículo al pedirnos un boleto de avión a un destino inventado. Nos tomamos muy en serio nuestro trabajo y no queremos perder el tiempo para poder ayudar a otros clientes con sus preparativos para las fiestas."

"Señora," le dije, "estoy buscando el lugar más lejano al que vuela su aerolínea para poder disfrutar de la comodidad del lugar durante estos meses de invierno, ¡y parece que usted no me entiende y me está tratando como a un hombre tonto!" continué; "Soy un burgués de Sydney; ni un canalla, ni un chivo expiatorio, ni un monedero y deseo ser tratado con respeto en esta conversación."

Observando todo esto había un anciano que se acercó al mostrador e hizo un gesto a la Sra. Blankenship y le habló en voz baja. Al cabo de unos minutos, Blankenship se hizo cargo del teclado de la computadora, tecleó como una loca e imprimió un billete.

"Señor," dijo la Sra. Blankenship, "aquí hay un boleto de ida a Puerto España, Trinidad-Tobago, a 15,976 kilómetros de distancia en un ambiente soleado y cálido como usted deseaba. El precio es de $2,345.00 por un boleto económico, pero lo he actualizado a clase ejecutiva. ¡Que tengas una estancia agradable!"

Mientras pago el boleto, mostrando mi gratitud por la mejora, sonrío y me alejo, escucho al empleado de la aerolínea decirle a la Sra. Blankenship: "Seguro que habla raro".

LA HISTORIA SE REPITE

Happy Valley, Nueva Gales del Sur es una ciudad aterrorizada en estos días, y todo el mundo recuerda el jueves 31 de octubre de 2069. Lo que se suponía que iba a ser un momento emocionante en el campus tecnológico de la universidad local se convirtió en una zona de batalla entre los humanos, los vampiros y los robots.

Un experimento que se estaba llevando a cabo en la sucursal del Instituto de Inteligencia Artificial de la Universidad Tecnológica Occidental de Nueva Gales del Sur (UTO) fracasó, causando una explosión que emitió partículas radiactivas por todo el campus universitario afectando a todos los presentes. Alrededor de cuarenta y cinco mil estudiantes, profesores y visitantes se vieron afectados ese solo día. Muchos murieron, pero los pocos humanos que sobrevivieron se vieron afectados de manera diferente.

Afectó de manera diferente a cada uno dependiendo de su código genético. Algunos humanos permanecieron como eran, otros se convirtieron en vampiros que ganaron una fuerza mejorada, mientras que otros se convirtieron en robots con mayor inteligencia artificial.

Hubo una respuesta inmediata de las unidades de emergencia de las localidades cercanas. SES, bomberos, policía y ambulancias comenzaron a llegar a la universidad para intentar contener el caos mientras los humanos luchaban contra los vampiros y los robots, y los vampiros y robots luchaban entre ellos por la única fuente que alimentaba a las tres entidades: sangre humana y material cerebral.

Cuando las unidades de respuesta de emergencia se vieron asediadas por vampiros y robots, los humanos se enfrentaron valientemente a la amenaza. Movilizaron tanto vehículos de emergencia como pudieron, incluyendo vehículos estudiantiles, y se apresuraron al distrito central de negocios de Happy Valley para llevar a cabo su última resistencia.

Ahí es donde me encuentras, soy la profesora Margaret Ziglar, docente de genética en WUT, trabajando en la farmacia local ubicada entre la tienda de deportes y el veterinario. Estoy recopilando la mayor cantidad de medicamentos y suministros posible, mientras algunos de mis estudiantes y otros que respondieron a emergencias establecen un cordón alrededor del edificio. Nos estamos preparando para lo que creemos que será nuestra última batalla.

Recibo una llamada de Billy Macdonald.

"Hemos establecido un perímetro alrededor de la tienda. Contamos con suficientes armas para los cuarenta y dos humanos que aún quedan, pero se estima que nuestras municiones podrían agotarse después de tres o cuatro escaramuzas contra los monstruos, según la evaluación del agente Williams."

Decidimos no distinguir entre vampiros y robots, los llamamos monstruos para simplificar nuestras conversaciones, aunque somos conscientes de sus diferencias. Sabemos que los humanos convertidos en vampiros necesitan adquirir sangre humana para sobrevivir, y nosotros somos la última fuente. Los robots requieren material cerebral humano para mantener y expandir su inteligencia artificial. Nuestra esperanza radica en encontrar algún antídoto que revierta las partículas radiactivas absorbidas por sus cuerpos. Por eso nos hemos reunido para hacer nuestra última parada en la farmacia local en Main Street.

Cuando nos retiramos, trajimos con nosotros tres cuerpos: un humano no infectado que había muerto de un ataque al corazón bajo el estrés del incidente, un vampiro y un robot. Usando algunos estudiantes de medicina sobrevivientes, les realizamos autopsias para comprender cómo cambiaron sus cuerpos debido a la radiación que recibieron durante la explosión y para comparar las células sanguíneas de los monstruos con el humano muerto no afectado.

"Profesora," grita Melissa Campbell, una de las estudiantes de medicina. "Mire estas muestras de sangre bajo el microscopio. ¿Logra ver la diferencia?" pregunta Melissa.

Al observar los tres especímenes únicos a través de los microscopios instalados en la trastienda de la tienda, puedo discernir diferencias y similitudes en las células de las muestras extraídas del vampiro, el robot y el humano de prueba. En particular, los glóbulos rojos presentan una proteína única denominada hemoglobina, crucial para el transporte de oxígeno desde los pulmones al resto del cuerpo y la posterior expulsión del dióxido de carbono. Esta característica estaba presente tanto en vampiros como en humanos, pero no en los robots. Además de la sangre, las tres muestras revelaron células neuronales que difieren de otras células debido al proceso electroquímico mediante el cual las neuronas se comunican entre sí. Sin embargo, tanto los robots como los vampiros mostraron una distinción adicional; no actuaban como humanos.

"Melissa, por favor, tráeme tres muestras de células cerebrales tan pronto como puedas."

Luego de dar la orden, me dirijo al frente de la tienda donde está el agente Williams.

"Agente Williams, ¿cómo estamos?"

"Bien, profesora, tenemos la tienda bastante bien protegida. Contamos con veintisiete hombres y mujeres en el techo, mayormente equipos de respuesta que lograron sobrevivir, junto con algunos estudiantes. En la trastienda, hay seis personas trabajando, y los nueve restantes se encuentran dentro de la tienda, resguardando tanto la entrada principal como la puerta trasera. El exterior está tranquilo por ahora, así que esperamos cierta actividad pronto, aunque no estamos seguros de si vendrá de los vampiros o de los robots. Tienen agendas diferentes," explicó el agente Williams.

"¿Ha podido ponerse en contacto con el Gobierno?"

"No, todas las líneas de comunicación están cortadas. Parece que la explosión dispersó la radiación por todas partes, afectando otras partes de Nueva Gales del Sur. El caos parece ser la norma ahora," responde el agente Williams.

Melissa llega al frente de la habitación:

"Profesora, encontré la diferencia, venga rápido y vea."

Tanto el agente Williams como yo corrimos tras Melissa, quien señala los tres microscopios.

Fíjese en la singularidad de las muestras. Mire lo que falta tanto en los vampiros como en los robots —exclama Melissa.

Mirando a través de los microscopios, pensé y respondí en voz alta a las preguntas de Melissa.

"Sí, Melissa, tienes razón. El cerebro humano tiene tres tipos de glía en el cerebro: oligodendrocitos, microglía y astrocitos. Tanto a los vampiros como a los robots les falta microglía. Esa debe ser la respuesta," afirmo con entusiasmo.

"Muy bien, profesora, ¿qué significa eso?" pregunta el agente Williams.

"Necesitan cada uno para optimizar la función cerebral, y con una glía faltante, el cerebro está buscando más. Así que hemos encontrado el antídoto, alguacil. Por favor, haz que algunas personas entren en la tienda de mascotas y tomen tantos dardos y pistolas tranquilizantes como sea posible y luego vayan a la tienda de deportes y traigan todos los arcos y flechas que puedan encontrar. Por favor, date prisa," ordeno al agente. "Melissa, ¿puedes usar la llave de extracción que tenemos para extraer la mayor cantidad posible de microglía del cadáver humano y colocarla en placas de Petri lo antes posible?"

Durante la siguiente hora, los hombres y mujeres restantes de Happy Valley se dedican a inyectar las células de la microglía en dardos y las puntas de las flechas.

"¿Cómo va a funcionar esto, profesora?" pregunta Melissa.

Levanté la vista y expliqué:

"Bueno, tan pronto como la microglía entre en el vampiro o el robot, el individuo empezará a mejorar y ralentizará su ataque, volviéndose más humano. La microglía modificará al monstruo, lo que significa que los otros monstruos intentarán morderlos y matarlos. No obstante, tan pronto como absorban algo de sangre del monstruo afectado, también obtendrán la microglía que les falta y se recuperarán. Este proceso se repetirá de monstruo en monstruo hasta curar a todos los humanos afectados. Al final, estarán cansados, agotados y mordidos, pero volverán a ser humanos y la epidemia se detendrá."

"¡Ahí vienen! ¡Tanto vampiros como robots! Parece que han desarrollado un plan de ataque juntos," grita el bombero en la azotea.

"¡Excelente!," grité. "Escuchen todos, sé que son mejores disparando con rifles, así que usen primero los rifles de aire comprimido hasta que hayan agotado los dardos y luego cambien a las flechas. Cuantos más monstruos golpeemos con los dardos, mejor."

Debe haber habido más de tres mil monstruos, todos acercándose lentamente a la tienda. El agente Williams pensó que lo mejor era aumentar la potencia de fuego e hizo que cuatro de los humanos del interior subieran al techo con él. Ahora, con treinta y un rifles preparados, esperaron a que los monstruos se acercaran un poco más.

En el momento exacto, los treinta y dos rifles de aire comprimido dispararon, y todos alcanzaron un objetivo, vampiro o robot, y no parecían afectados porque seguían avanzando. Lanzamos una segunda recarga a la retaguardia del grupo de monstruos y de nuevo todos impactaron, pero no pasaba nada.

Con los dardos suficientes para tres intentos más, el agente Williams ordena detener el fuego. Pasado un minuto, el monstruo que se encuentra a cincuenta metros del frente de la tienda se detiene. Los primeros treinta monstruos se quedan inmóviles y parecen sorprendidos cuando los demás monstruos los atacan.

"La fórmula debe haber funcionado," grita el agente Williams por encima del rugido de los monstruos. "No disparen a menos que estén cerca de nosotros."

Una vez más, surge una conmoción en la parte trasera del grupo de monstruos, donde los otros treinta y un monstruos afectados ahora están reaccionando a la fórmula, y los demás monstruos también los atacan.

Tan rápido como pude, subí a la azotea a ver lo que estaba sucediendo y exclamé:

¡Está funcionando, alguacil, está funcionando! Observemos y solo disparemos los cañones de aire comprimido adicionales si es necesario. Sin embargo, ¿puedes ordenar a la gente que dispare las flechas lo más lejos posible en la multitud de monstruos? Cuantos más monstruos infectemos, más rápido se detendrá la epidemia.

Con esa orden, el agente Williams dirige a la gente para bombardear a los monstruos con una lluvia de flechas una tras otra hasta que se queden sin flechas. Un total de trescientos doce volaron, y la mayoría aterrizó en sus objetivos.

Los monstruos se enfrentan entre sí cada vez más agresivamente, hasta que caen exhaustos, dejando Main Street cubierta por un manto de cuerpos apilados unos sobre otros. El silencio se apodera de Happy Valley.

"Ahora esperamos, agente Williams. Esperemos todo el tiempo que sea necesario para ver si hemos vencido a esta maldición."

Pasa una hora y hay un movimiento en la primera línea del grupo de monstruos. La gente se levanta, toda golpeada y ensangrentada, pero no agresiva. Algunos de ellos miran hacia arriba y ven a los humanos en la parte superior del techo, y uno de ellos grita: "¿Qué diablos están haciendo ustedes ahí arriba?"

Todos los humanos de la azotea gritan, lloran y saludan mientras más "monstruos" se levantan y miran alrededor de Main Street en Happy Valley preguntándose qué pasó.

Con el conocimiento adquirido, el agente Williams lidera un grupo de alrededor de mil ex vampiros y robots hacia el sur, en dirección a Canberra, mientras Melissa guía al resto hacia el norte, hacia Newcastle. Repiten el mismo proceso una y otra vez, erradicando lentamente a la némesis en toda Nueva Gales del Sur y el resto del país.

En 2082, los humanos volvieron a gobernar la tierra. El agente Williams, la profesora Ziglar y Melissa Campbell son reconocidos con la recién creada medalla Star of Australia por sus esfuerzos en la erradicación del flagelo que casi destruyó el país.

De vuelta en la UTO, las clases estaban en marcha, y los estudiantes se encontraban inmersos en sus estudios y experimentos cuando, de repente, resonó una nueva explosión en el Instituto de Inteligencia Artificial.

EXPERIENCIA HUMANA

El paseo nocturno es siempre mi favorito. Conducir por el antiguo Remembrance Drive en Happy Valley, Nueva Gales del Sur, es más agradable que usar la autopista Hume. Si bien las velocidades de conducción variaban según cada carretera, el paisaje es algo digno de contemplar cuando se baja por Remembrance Drive.

Los pastos grandes y pequeños ahora están siendo cubiertos por los últimos rayos de luz de la noche, lo que le da a cada campo un aspecto espeluznante, casi surrealista. El anochecer temprano se ha convertido en una noche gris y negra sin luna a la vista, lo que hace que la mayor parte del camino sea muy traicionero. Ser cauteloso siempre es una buena idea mientras se conduce por esta carretera. Pero hoy tengo prisa porque he hecho algo que las autoridades locales considerarían ilegal.

Hay una luz inmensa a un kilómetro delante de mí, que se dirige directamente hacia mi pequeño coche. Trato de bloquear la luz brillante con mi mano, pero es en vano. Es demasiado intensa y la luz sigue siendo más brillante y cercana.

No puedo ver, y mi único instinto es desviarme hacia la izquierda para evitar la luz, lo cual hago, y finalmente choco con una valla de madera, la rompo en pedazos y me detengo en medio de un gran potrero.

Después de que el humo y el polvo se asientan, noto una figura que camina hacia mí. Alto, delgado con piernas y brazos largos. A medida que la figura se acerca más y más, la miro bien. La figura no es de este mundo. Me aseguro de que las puertas estén cerradas, y me siento allí solo mirándolo mientras me observaba a mí.

Escucho en mi mente: "Hola".

Sobresaltado, miro a la figura que está parada frente a la puerta del conductor, como si esperara a que la abriera. Miro la figura. No puedo decir si el personaje es masculino o femenino. Simplemente no es descriptivo, esa es la única forma en que puedo describirlo.

"Hola," repite la figura.

Aunque mis oídos no captan la palabra, mi mente la percibe.

"¿Qué sucede?"

La figura no parece amenazante, así que bajo la ventanilla y digo: "Hola". Y para mi sorpresa esta vez la figura dice:

"¿Estás bien? No quise que te desviaras del camino."

Esta vez el sonido proviene de lo que tiene que ser su boca, una pequeña astilla debajo de lo que parece ser una nariz. Sus enormes ojos me miran, intrigados.

"¿Quién eres?" le pregunto.

"Me llamo Klaxon y hoy quiero hacerle una proposición."

"Me llamo James. ¿De qué proposición hablas?"

Klaxon responde:

"Me gustaría que intercambiáramos nuestros cuerpos durante una semana para que cada uno pueda experimentar sus mundos."

Bien, creo, no solo estoy hablando con una criatura de otro mundo llamada Klaxon, sino que, de paso, está loco.

"De ninguna manera," respondo y empiezo a subir la ventanilla.

"Espera," dice Klaxon, "piensa en las posibilidades. Podrías entrar en mi nave espacial, dar una vuelta alrededor de los anillos de Saturno, aterrizar en la luna y caminar y ver los primeros pasos del hombre. La propuesta tiene que ser emocionante para ti, ¿no?" pregunta. "Pude experimentar las alegrías de caminar por la playa, tomar los rayos del sol, comer pasteles de carne y pasar un buen rato en el pub local. ¿Qué dices, te interesa? Es solo por una semana."

Klaxon parece sincero en su propuesta e interesado en cómo se comportan los humanos y, aunque la idea de estar en un cuerpo extraño y, más aún, tener un ser alienígena dentro de mi cuerpo se sentía extraña, la misma se estaba apoderando de mi curiosidad.

"¿En qué consistiría este intercambio de cuerpos?" pregunté.

"Una simple transposición de la conciencia genética transferida entre los cuerpos del huésped a través del modulador de transferencia mental (MTM) dentro de mi nave espacial. Tomará menos de cinco de sus minutos terrestres, y es indoloro. El único efecto secundario, si quieres llamarlo así, es que tienes resfriados durante toda la semana," dice Klaxon.

Bueno, en 1968, durante la pandemia de gripe de ese año, sobreviví a ese gran caso de resfriados. Creo que un pequeño resfriado no obstaculizará mis actividades durante una semana.

"Entonces, este MTM nos permitirá cambiar el cuerpo, la conciencia, y ¿seremos capaces de hacer cosas en el cuerpo del otro, como "tú conduces mi coche" y "yo vuelo tu nave espacial"?"

"La transferencia total significa que puedes hacer lo que yo puedo hacer, y a la inversa, yo puedo hacer lo que tú puedes hacer aquí en la Tierra," responde Klaxon.

"Y es solo por una semana, ¿verdad? ¿Puede durar más tiempo?" le pregunto.

"Sí, puede durar para siempre, pero una semana es todo lo que necesito para experimentar las alegrías de la humanidad. Todo lo que tenemos que hacer es acordar volver a vernos aquí en una semana," responde Klaxon.

Así que, estoy de acuerdo, y entro detrás de Klaxon en su nave espacial, y usamos el MTM e intercambiamos nuestra conciencia en el cuerpo del otro. Cuando terminamos, ambos sonreímos y comenzamos nuestras nuevas "vidas" durante una semana. Klaxon se subió a mi coche, lo puso en marcha y se marchó mientras yo subía a la nave espacial y salía volando.

Mientras asciendo hacia las nubes, observo los destellos intermitentes rojos y azules que siguen a mi automóvil, y este comienza a reducir la velocidad.

Estos últimos años han sido maravillosos en el cuerpo de Klaxon. He estado en lugares que nunca pensé que existieran, y estoy seguro de que Klaxon está viviendo en el centro correccional local por robo durante al menos diez o veinte años. Bueno, él quería experimentar la humanidad.

EN LAS SELVAS DE VIETNAM

Uno de los países más hermosos del mundo es Vietnam. Su extensa costa abarca no solo paisajes marítimos impresionantes, sino también bosques perennifolios. Este tipo de bosque incluye árboles como coníferas, robles perennes y acebos en climas fríos, eucaliptos, hayas, acacias y banksias en zonas más templadas, y árboles de selva tropical en regiones tropicales. En el límite oriental de las montañas Annamitas, dentro de los confines del bosque, se pueden encontrar osos, primates, murciélagos y diversas aves deambulando. La importancia cerca de la costa radica en que estas áreas albergan sitios de anidación cruciales para varias especies de tortugas en peligro de extinción.

Esta mañana, encontrarás a una joven tortuga golfina deambulando por los terrenos de los bosques, estudiando los muchos robles que ve. Para el resto de esta historia, llamaré a nuestra pequeña amiga, Olive Ridley.

Vietnam tiene varias especies de estos robles, incluyendo Quercus *braianensis*, Quercus *xanthotricha*, Quercus *neglecta*, Quercus *macro-calyx* y varios otros robles aún no identificados. Es uno de estos robles majestuosos que nuestra pequeña amiga tortuga está estudiando centímetro a centímetro mientras elude el tronco del árbol.

Este majestuoso roble tiene más de seiscientos años y se eleva más de ocho metros eclipsando a algunos de sus primos en el bosque, y este es el árbol en el que nuestra pequeña tortuga ha puesto toda su atención.

La tortuga marina bebé asciende por el tronco del árbol, usando sus afiladas garras en sus pies y estirando su cola a lo largo del árbol para usarla como timón para maniobrar hacia la primera rama. Cada intento termina de la misma manera. Se desploma hasta el suelo, y un pequeño canal de polvo se eleva donde ha aterrizado.

Olive Ridley continúa su intento, en repetidas ocasiones; Sube y baja. Vuelve a intentarlo y se cae. Sin embargo, con cada esfuerzo sus garras han hecho una hendidura en el tronco del árbol que le permite subir cada vez más alto hacia su objetivo, las primeras ramas de los árboles y los míseros dos metros de altura.

El esfuerzo continúa durante horas, hasta que Olive Ridley consigue llegar a la primera rama del árbol y se mueve en la rama hasta el final. Mira al cielo y agita sus dos patas delanteras, como si fueran alas, y batiéndolas lo más rápido que puede, salta, solo para caer al suelo con un enorme golpe que resuena en el bosque.

Lo intenta de nuevo.

Se cae y lo intenta repetidamente, cada vez que se cae.

Sin inmutarse, Olive Ridley vuelve a trepar al árbol, llega a la primera rama, ve al borde, agita las piernas e intenta volar y se lanza al suelo.

Olive Ridley repite la misma secuencia que ha hecho tantas veces y es vista por dos charlatanes de cimitarra de cola corta llamados Ricky y Lucy.

Lucy se vuelve hacia Ricky:

"Cariño, ¿deberíamos decirle a Olive que es adoptada?"

ES MI NOMBRE

Por fin llegó mi día en la corte. Había gastado mucho tiempo y dinero en aclarar todos mis datos, asegurándome de que todo el papeleo estuviera verificado y de que hubiera completado todos los formularios. Sí, todas mis íes estaban punteadas, y todas mis T estaban cruzadas. Ahora llegaría el momento de mi triunfo y de una gran ganancia financiera.

Mientras me sentaba a mi mesa sin el beneficio de un abogado, vi que mis oponentes habían llegado, y tenían una horda de abogados, procuradores y procuradores, todos preparados para enfrentarme. Bueno, estaba listo.

Entró el presidente del tribunal y nos pusimos de pie. Me sentí confiado, poderoso: "sí, ganaré".

Querido lector, estás incumpliendo la ley en este momento sin darte cuenta. Aún no he tomado medidas legales en tu contra, pero llevará tiempo identificar a todos aquellos que están infringiendo la ley. Sin embargo, ten por seguro que lo haré. Comencé esta travesía apuntando a los grandes, a aquellos instigadores que me hicieron gastar tanto tiempo y dinero. Hoy, finalmente, rendirán cuentas. ¡De hecho, pagarán!

El juez se ajustó las gafas, miró mi calzoncillo y se echó a reír.

"Esto es un error, ¿verdad, señor residente?"

"No, señoría," respondí mientras me ponía de pie para mostrar respeto a la corte. "Este es un asunto serio el que presentó hoy ante el tribunal y estos caballeros aquí presentes," dije señalando al abogado de la parte contraria. "Ellos dan cuenta de que es un asunto serio lo que estoy presentando hoy en su sala de audiencias, su señoría."

"Entonces, ¿sostiene que estas empresas han utilizado su nombre sin compensación y luego están permitiendo que personas en toda Australia infrinjan la ley?" preguntó el juez.

"Señoría. Son estas empresas las que me han causado un inmenso estrés emocional y angustia financiera mientras trato de localizar todo el material que el uso de mi nombre ha impactado," le conté al juez.

"¿Y cómo es esto un hecho?" preguntó el juez.

"Su Señoría, cuando me mudé a Australia en 2008, tenía un nombre hispano enormemente orgulloso y conocido. Tan conocido y común en todo el mundo, que me creé una nueva personalidad con un nombre y apellido únicos. Presenté mi solicitud e hice todo el papeleo legal yo mismo y, como pueden ver, a principios de 2009 mi solicitud fue aprobada y comencé a usar mi nuevo nombre legal."

Le expliqué, sosteniendo todo el papeleo en mis manos para enfatizar el punto.

"Inmediatamente, comencé a recibir correo en mi buzón con mi nuevo nombre, así que sabía que todo estaba bien con el proceso que había emprendido, pero un día me di cuenta de que había recibido una segunda carta dirigida a mí, pero con la dirección de mis vecinos desde el otro lado de la calle. Investigué este asunto con Australia Post y descubrí que las empresas aquí representadas hoy por este grupo de profesionales utilizan mi nombre legal para dirigir cartas al público. Producir en masa estas cartas y, por lo tanto, hacer que miles, no, millones de australianos respetuosos de la ley infrinjan la ley a diario."

Me detuve para asimilar mi presentación.

"¿Comprendes que puedo desestimar este caso de inmediato? ¿Quieres que te imponga el pago de las costas legales y los honorarios de los abogados de la parte contraria por presentar esta demanda frívola?" indicó el juez.

"¿Puedo hacerle una pregunta, señoría, antes de que tome esa decisión?" le imploré.

"Por supuesto, por favor, pregunte" dice el juez.

"¿Alguna vez ha abierto una carta dirigida al residente actual? Si es así, ¿no diría que usted también has violado la ley y debería recusarse de este juicio?"

Así que aquí estoy ahora, en mi juicio de dieciséis años y todavía no he encontrado un juez que no haya violado la ley tampoco. Llegaré allí. ¡Estoy seguro!

APRENDER ESPAÑOL

El aroma impregnaba la cocina y envolvía toda la casa. La estufa tenía los cinco quemadores encendidos, y cada olla o sartén preparaba su plato particular. Una vez a la semana, mis hermanas, Marisa y Beatriz, y yo nos reuníamos con mi madre y visitábamos a mi abuela, y allí estaba ella, como una directora de orquesta, usando todos sus quemadores para prepararnos nuestro almuerzo semanal.

Una olla contenía el arroz, que forma la base de la comida, porque ¿qué es la comida cubana sin su arroz? La segunda olla estaba hirviendo a fuego lento mientras los frijoles negros se ablandaban en el caldo, que contenía sal, pimienta, laurel, ajo y cebolla y un poco de aceite de oliva.

La tercera fragancia emanaba de la cocción natural de la raíz de yuca. Una vez que había hervido, esta raíz de membrana blanda tenía una deliciosa mezcla de ajo, aceite de oliva, limón y sal rociada sobre ella. El cuarto quemador tenía una sartén grande con un poco de aceite de oliva que cubría el fondo de la sartén. Aquí, un alimento básico cubano, el plátano se fríe y, como si de un cuadro se tratara, se convertía en un hermoso color amarillento dorado dulce que le hacía saber al cocinero que estaban casi listos para ser servidos. Mi abuela preparaba entonces la quinta sartén para la parte más crucial de la comida, el bistec de palomilla o bistec de ternera en mariposa.

En español, 'palomilla' significa polilla o mariposa, refiriéndose a cómo la dividimos en grosor para hacer dos filetes finos de igual tamaño. Debido a que era un corte de carne más duro (pero económico), esto hace que sea más fácil de masticar y más susceptible de ablandarse con un mazo de carne, que es una parte esencial de la preparación del plato. Hacer un filete de palomilla garantizaba que la carne estuviera disponible para todos los miembros de la familia al menos una vez a la semana.

Mi abuela había preparado el escenario para que estos platos se unieran y para que los disfrutáramos.

La preparación de todos los platos era un asunto familiar con mi abuela y mi madre hablando español mientras cocinaban y los nietos ayudando, escuchando la conversación, pero sin participar porque nuestra abuela no hablaba inglés y nosotros no hablábamos español, pero la historia y la comida eran nuestro idioma cotidiano.

Todos ayudábamos con la cocina; Marisa remojando los frijoles, y recordé lo mucho que le gustaba pasar los dedos por el tazón, sosteniendo los frijoles negros, asegurándose de que se ablandaran antes de ponerlos en la olla para cocinarlos.

Beatriz, siendo la hermana mayor, asumiría la responsabilidad de cortar la yuca en trozos que se ajustaran a la olla y colocarlos dentro para su cocción. Además, le correspondía cortar los plátanos en rodajas, listas para sumergirse en el aceite caliente y convertirse en una delicia suave y crujiente. Por supuesto, también se encargaría de picar suficiente ajo para su uso en otros platillos, incluyendo uno que yo prepararía.

Siendo el más joven, mi única responsabilidad era el sexto y último quemador. Este debía permanecer vacío hasta el último momento, cuando tomaría una sartén plana. Después de mezclar la mantequilla, el aceite de oliva y el ajo preparados por Beatriz, untaría esta maravillosa mezcla sobre el pan cubano. Luego, lo colocaría en la sartén caliente para calentarlo y tostarlo aún más, impregnando la cocina con el delicioso aroma del ajo.

Hicimos esto durante muchos años hasta que nuestra abuela y nuestra madre fallecieron. A medida que todos crecíamos y los hermanos tomaban caminos diferentes, no podíamos participar en este recuerdo cada semana, pero juramos que nos reuniríamos dos veces al año; Marisa, Beatriz y yo, junto con nuestros hijos, nos reunimos y compartimos con ellos nuestra cultura e historia en una hermosa comida.

Fue una lástima que nunca aprendiéramos a hablar español, porque habría hecho que este recuerdo de nuestra madre y abuela fuera simplemente perfecto para todos nosotros.

ENCANTADORA BELLOTA

"Abuela, de ninguna manera en el nombre del cielo iré al baile," le dije. "De ninguna manera me estaré sometiendo a ese esfuerzo. Tengo mejores cosas que hacer un sábado por la noche. Además, de todos modos, solo va a haber un montón de ancianas allí —de nuevo, insistí."

"Primero, no me llames ni a mí ni a mis amigas, ancianas. Somos joven Mujeres vibrantes de 60 años que sienten pasión por la danza y la vida. Además, perdí mi licencia de conducir la semana pasada, así que necesito que seas mi conductor. Llámalo tiempo de venganza," dijo mi abuela, poniéndome en mi lugar como siempre lo hace de alguna manera.

Finalmente, me rendí en la conversación que sabía que era una causa perdida, y ahí lo dejé. Tenía que ser honesto, mis sábados por la noche han sido bastante desoladores, ¿es esa la palabra correcta, desoladores? Entonces, salir este sábado por la noche y presenciar el baile de una mujer mayor no sonaría tan mal. Habría comida y bebida. De todos modos, ¿qué podría salir mal?, me pregunté. Además, ¿qué hombre de veintidós años podría resistirse a la tentación de comida y bebida gratis, ¿verdad?

Llegó el sábado por la noche, me detuve en la entrada de la casa de mi abuela y toqué la bocina.

No pasó nada, así que apagué el encendido y caminé hacia la puerta principal y, usando mi llave de emergencia (todos tienen una de esas, ¿verdad?), entré y llamé a mi abuela.

"Ya casi estoy lista, Bobby, dame otros diez minutos y bajaré en un santiamén."

Bueno, sabemos lo que significaba cuando una mujer decía "diez minutos", podía cubrir un rango de tiempo que estaba más allá de la comprensión del tiempo de cualquier hombre. Ni siquiera Stephen Hawkins podía interpretar la relación entre el tiempo y el espacio y el "¡Bajo en diez minutos!" de una mujer. Estoy seguro de que renunció a cualquier explicación hace años.

Los diez minutos pasaron rápidamente, y en otros veintidós minutos, mi abuela descendió las escaleras, dejándome atónito con una doble toma. La década de 1960 trajo consigo diversas tendencias que rompieron muchas tradiciones de la moda, reflejando los movimientos sociales de la época. La influencia de esos años en los diseñadores fue notable, dando origen a la minifalda, los culottes, las botas go-go y algunas modas más peculiares. Agrega un toque de marihuana, y todos estaban inmersos en una moda colorida y drogados.

Lo que vi fue de otro mundo. Mi abuela llevaba un top transparente con una boa y una minifalda con psicodélico y para rematar, ¡botas go-go!

"¿Qué aspecto tengo, Bobby?" me preguntó.

"Fuera de este mundo," dije. Iba a ser un baile emocionante, sin duda.

Al llegar al baile, pude escuchar varias melodías altas y claras. Chubby Checker, los Beatles, los Monkeys y muchos otros clásicos de la época sonaban a todo volumen en constante sucesión, con mucha gente bailando con todo su corazón.

"¿No es genial, Bobby?" exclamó mi abuela.

"Sí, lo es, abuela," qué más podía decir mientras caminaba hacia el bar para tomar una copa y ahogarme después de ver todo esto. Sé que la noche emocionante se convertiría en una larga noche.

A medida que avanzaba la noche y se hacía más tarde, seguí bebiendo mi bebida en el bar. De repente, sentí un golpe en mi brazo, me di la vuelta y vi lo que solo podía describir como una diosa. Esta diosa medía 1,7 metros de altura, luciendo fabulosa en su tacón alto con energía juvenil y un físico de reloj de arena que desafiaba la edad.

Llevaba un vestido negro escotado que las mujeres varias décadas menores que ella estarían encantadas de lucir.

Sus ojos color avellana parecían brillar bajo las luces de la discoteca, mientras que sus labios rojos eran como pétalos de rosa. Debo admitir que nunca vi a una mujer así.

"Oh, lo siento mucho. ¿Te hice derramar tu bebida?" la diosa habló.

"¡Ah, no, claro que no! Probablemente fue culpa mía por interponerse en tu camino."

¡Oh, Dios, qué respuesta, ¡fui un idiota! Echó la cabeza hacia atrás y soltó la risa más dulce que jamás había oído. ¿Hay algo que no pueda hacer bien?

"Me llamo Bobby. ¿Cuál es tu nombre?" pregunté.

"Sofía," contestó ella. "Encantada de conocerte. ¿Estás aquí solo?" preguntó.

"Está bien, está bien, Bobby no entres en pánico. Piensa hombre, piensa. Si dices que estás aquí con tu abuela, vas a arruinar esto, ¡arruinarlo!" Pensé en mi cabeza.

"Soy uno de los promotores de baile," mentí.

"Oh, eso está bien. Es un baile muy delicioso y me encanta la música. Me trae muchos recuerdos de buenos y tristes momentos. ¿No es una tontería decirlo?" dijo Sophia.

Ya sabes, cuando un ciervo ve un juego de faros y se queda quieto en medio de la carretera. Bueno, ese era yo en ese momento. Cada vez que Sophia pronunciaba una palabra, me quedaba helado. Solo escuché la voz melódica que resonaba en busca de palabras, y me congelé en su trance. Nunca me había sentido así. Lo que estaba pasando no lo sabía, y no me importaba. Todo lo que sabía es que no quería que esta hermosa mujer se alejara de mi lado.

"Oh, hola abuela," escuché, y me di la vuelta y vi a una nueva diosa. "Veo que conociste a mi abuela," la nueva diosa me interrogó.

De pie frente a mí hay una versión más joven de Sophia que lleva el mismo vestido, con el mismo color de ojos y una hermosa sonrisa. Sophia me sonríe e hizo un pequeño gesto con la mano y se alejó, dejándome solo con ella.

"Estoy aquí para recoger a mi abuela y estoy listo para llevarla a casa. ¿Y tú?" le pregunté a la nieta de Sophia.

"Igual, mi nombre es Sarah. ¿Cuál es el tuyo?" preguntó Sarah.

Sabes, venir a este baile no fue una mala idea.

"Me llamo Bobby," dije, y pensé en el dicho de que la bellota no cae lejos del árbol. Y de pie frente a mí había una bellota tan hermosa.

MÁGICO

No acostumbro compartir historias íntimas de mi vida, ya que soy una persona reservada. Vivo en la pequeña comunidad de Old Lyme, Connecticut, que cuenta con una población de 7,016 habitantes según el último censo. Mi ciudad ha sido durante mucho tiempo un popular destino vacacional y una colonia de artistas bien establecida. Nombrada en honor a Lyme Regis, Inglaterra, fue fundada en 1855. Se podría describir a mi ciudad como tranquila. Rara vez experimenta momentos agitados, a menos que sea verano, cuando se llena de turistas disfrutando de nuestras pintorescas costas.

Mi casa está en Forest Road, ubicada muy cerca del Bosque Estatal Nehantic con un hermoso parque lleno de árboles nativos de Connecticut como el arce rojo, el arce de azúcar y algunos más, lo que hace que este parque sea mi favorito para pasear con mi mejor amiga, Lulu.

Lulu es mi mascota, una tierna y adorable perro salchicha. Cuando rescaté a Lulu de la tienda local de la RSPCA, no sabía que los perros salchicha se criaban para cavar, ya que tenían patas cortas para poder llegar a las madrigueras en busca de tejones y otros animales de caza menor. Esta raza alemana es muy activa y puede convertirse en una molesta excavadora si no se estimula; de ahí mis paseos diarios por la tarde en el parque cerca de mi casa, Devil's Hopyard Park.

Una tarde, cerca del anochecer, Lulu se detiene de repente y comienza a cavar con una intensidad que parece poseerla, como si no pudiera o no quisiera detenerse. Intento detenerla tirando de la correa en vano, y al intentar levantarla, por primera vez, me gruñe, obligándome a abandonar mi intento. Lulu interrumpe su excavación, da un paso atrás y parece indicarme con un gesto que mire hacia el agujero recién cavado. Observo dentro de lo que inicialmente pensé que era un simple hoyo y descubro lo que parece ser un hueso. Con unas dimensiones de 70 mm de alto x 45 mm de ancho, presenta unos ojos enormes y un tono grisáceo que sugiere su antigüedad.

Al no haber visto nada similar, saco mi pañuelo, lo envuelvo cuidadosamente y lo llevo a casa, convencido de que necesito descubrir su origen. En mi trayecto de regreso, decido que llamaré a la Biblioteca Old Lyme-Phoebe Griffin Noyes por la mañana, confiando en que encontraré algunas respuestas sobre la naturaleza de este artefacto.

Con la biblioteca abriendo a las 9 de la mañana, coloco a Lulu en la entrada cubierta de hierba del lugar, asegurándola con su correa. Luego, ingreso en la biblioteca y me dirijo hacia la sección de investigación con el artefacto resguardado en el bolsillo de mi pantalón, aún envuelto en mi pañuelo. Al entrar en el área de investigación, identifico el cubículo de información en el mostrador y me acerco a él. Observo a una mujer de espaldas colocando algunos libros en el lado opuesto del cubículo. Cuando se da la vuelta, me quedo paralizado en el lugar.

Es la criatura más hermosa que he visto en mi vida. Esbelta y alta, pero no demasiado, tiene el pelo rojo suave y acentuado por sus ojos azules. Tiene una cara de duendecillo como la característica que la hace parecer que no es de este mundo. Me acerco a ella y le digo:

"Hola, me preguntaba si podrías ayudarme con un poco de investigación, por favor."

Vale, sé que sonaba como un niño de doce años pidiendo ayuda a la bibliotecaria, pero no pude evitarlo. Ella me sonríe y me devuelve el saludo.

"Pero, por supuesto, para eso estoy aquí. ¿En qué puedo ayudarte?"

A mí me suenan a palabras angelicales. Me meto en el bolsillo, saco mi pañuelo y le muestro el artefacto.

"Vaya, vaya, ¿dónde encontraste esto?" pregunta.

Le cuento el lugar y las circunstancias de mi hallazgo, o más bien de los descubrimientos de Lulú, y continúo mirándola fijamente con su hermosa cara de duendecillo. Ella se da cuenta de que la miro fijamente y me sonríe y dice:

"Bueno, conozco a los perros salchicha, a los excavadores. Tengo un pequeño Cocker Spaniel en casa que es muy juguetón." "¡Oh!," permítame preguntar, "¿es usted miembro de la biblioteca?"

"¿Qué?", pienso para mí mismo. "¿Soy un miembro de la biblioteca? No, no lo soy", reflexiono interiormente sobre por qué debería serlo, aunque supongo que también he perdido muchas oportunidades por no serlo. Basta con mirar a la encargada de la mesa de investigación.

"No, no lo soy. ¿Eso te impide ayudarme?" le pregunto.

"Por supuesto que no. Es solo que no te he visto antes, y asisto a la mayoría de las reuniones mensuales de la biblioteca, así que me preguntaba, eso es todo."

Sonriendo, coge un libro enorme y lo coloca frente a mí. El libro tiene un título gracioso, *Tangata Whenua,* que ni siquiera puedo pronunciar.

"Sé lo que podría ser este artefacto, pero para asegurarme, este libro debería ayudarnos a determinar con certeza qué es."

Extiende su mano para tomar el artefacto, y al tocarnos, juro que una corriente eléctrica recorre todo mi cuerpo. No me refiero a la electricidad que sientes al frotar tus zapatos contra la alfombra y recibir una descarga, sino a un tipo diferente de energía.

Se producen unos minutos de silencio incómodo mientras hojeamos las páginas del libro, y luego lo encontramos. El artefacto es un hei-tiki.

"¡Oh, tal y como pensaba! Es un hei-tiki maorí. Los maoríes dicen que este adorno es un amuleto de fertilidad que representa el embrión humano y que las mujeres deben usarlo solamente. Además, el tiki es un amuleto de buena suerte y se cree que le da al usuario claridad de pensamiento y un gran conocimiento interior. ¿Cómo fue enterrado en Connecticut?" se pregunta, mirándome con sus ojos que se funden en mí.

"No lo sé, señorita..." murmuro.

"Oh, siento mucho no haberme presentado nunca," dice, señalando su etiqueta con su nombre. "Soy Sally. Sally Tuatini. ¿Y tú eres?"

"Peter Forbes, es un placer conocerle, señorita Tuatini. ¿Qué te hizo reconocer el artefacto? ¿Has visto muchos de ellos?"

"Pues sí, lo he hecho. Mi madre es maorí y mi padre escocés. Se conocieron cuando eran jóvenes en Wellington, Nueva Zelanda y se casaron y vinieron a vivir a Connecticut cuando mi padre recibió una oferta de trabajo en Harford en una de las compañías de seguros. He viajado a Nueva Zelanda con frecuencia, y estoy familiarizada con la tradición maorí, Sr. Forbes..."

"Por favor, llámame Peter," le digo.

"Está bien, Peter, puedo decirte que esto es antiguo, al menos desde mediados de los años 1300. Es realmente antiguo."

A medida que Sally continúa contándome todo sobre el hei-tiki, siento un calor por todas partes, como si estuviera siendo envuelto por una manta invisible cálida y acogedora que no me ofrece nada más que seguridad y salvación.

"Peter, ¿estás al tanto de lo que estoy diciendo?" dice Sally, mirándome con esos hermosos ojos azules.

"Sí, por supuesto, Sally, he oído todo lo que has dicho, y me preguntaba si tú y yo podríamos continuar esta conversación durante el almuerzo en el café de enfrente de la biblioteca," grito.

Sally sonríe y responde:

"Por supuesto. Mi hora de almuerzo es a las 11:30 AM. ¿Nos vemos afuera entonces?"

"Sí," respondo mientras recojo el hei-tiki y lo vuelvo a colocar en el bolsillo de mi pantalón, pensando para mis adentros: "ese es un lugar divertido para un artículo de fertilidad."

Mientras sostengo a Lulu con su correa a las 11:30 a.m., Sally sale y exclama:

"Esta debe ser Lulu. Qué animal tan hermoso. Un día podemos encontrarnos en el parque y pasear a mi perro, Alby. Estoy seguro de que se divertirán juntos," Sally bromea, sonriendo.

"Por supuesto" digo, mientras llevo a Lulu y acompaño a Sally a la cafetería para almorzar.

El almuerzo no es nada extraordinario, pero huele y sabe a festín cuando estoy sentado con Sally. La pausa de una hora para almorzar se extiende a dos horas y luego a tres horas, solo interrumpida por la visita ocasional a Lulu para asegurarse de que tenga suficiente agua, comida y esté tranquila en el sendero. Saco el hei-tiki y le digo a Sally:

"Sally, por favor, toma esto como una muestra de nuestra nueva amistad. Espero que no sea demasiado presuntuoso de mi parte, pero me preguntaba si te gustaría ir al cine y cenar el viernes por la noche. La nueva película *Avengers: Endgame* se proyecta en el Rialto. He oído que es buena."

Maldita sea; Vuelvo a sonar como un niño de doce años.

Sally me agarra de la mano que sostiene el hei-tiki con ambas manos y dice: "Sí".

Cuando deje a Sally en la biblioteca, y cuando ella entre, creo que me aseguraré de convertirme en miembro de la biblioteca local.

"Ven Lulú, es hora de irme a casa", pienso mientras me doy la vuelta para caminar a casa y también me doy cuenta de que hoy no fui demasiado tímido. Imagínate. La magia hei-tiki funciona después de todo.

LA LIBRERÍA DE MISSY

No hay nada como caminar por Northport en Nueva Gales del Sur temprano un sábado por la mañana. Las cafeterías están llenas de clientes que disfrutan de un desayuno o una taza de café. A las 9 de la mañana, algunas de las principales tiendas abren sus puertas para el comercio temprano. Siempre hay alguien famoso esperando para entrar en *Cut Me Crazy*, ya que es la peluquería más importante de Sídney. Tanto los políticos como los actores frecuentan esta peluquería, al igual que la población en general de Northport. También se ve a la gente que ya se agolpa en el *Village Books & Stuff*, donde hay suministros de oficina disponibles y libros únicos para comprar.

A las 10 de la mañana, todas las tiendas están abiertas en Northport, y Main Street está llena de gente que va y viene. En medio de toda esta emoción es donde me encuentras. Me dirijo a la *librería de Missy*, mi tienda favorita de todo Northport. La Sra. Missy ha estado al frente de la librería durante más de 25 años. Es un elemento básico en la comunidad y disfruta de los muchos benefactores que frecuentan su tienda para comprar las últimas novelas y algunos libros raros que consigue para algunos de los coleccionistas más ricos de la zona.

Hoy busco un libro sobre magia. Me enganché a la

magia con solo ver el programa semanal Penn and Teller Espectáculo en la televisión, y no me canso de ella. Por lo que puedo decir, estoy en la etapa de aprendiz, lo que significa que puedo hacer un poco de esto y un poco de aquello, pero nada como un Mago o ni siquiera cerca de un Maestro y, por favor, no me hagan pensar, un Gran Maestro. Para alcanzar un nivel mayor, necesito postularme a la Sociedad Independiente de Magos de Australia (SIMA) y eso cuesta mucho dinero que no tengo. Por lo tanto, trato de mejorarme yendo a las librerías y encontrando manuscritos o libros sobre magia que me ayudarán a ascender a un nivel superior sin el costo adicional.

Missy's Book Shop es pequeña en comparación con las tiendas más grandes, pero lo que le falta en tamaño lo compensa con estilo. Un dulce olor a libros sube por tus fosas nasales como si el incienso estuviera ardiendo en el fondo, dando esa sensación de tranquilidad que siempre debes encontrar en una librería. Luego están las estanterías. No son sus artilugios de aspecto moderno que no tienen respaldo o son de metal puro. Los gabinetes de Missy son las hermosas estanterías hechas a mano de madera dura y caoba que te envuelven de calidez tan pronto como entras.

Mientras me acerco a la zona donde se encuentran los libros que busco, veo que hay algunas novelas recientes de ficción de magia contemporánea. Hay libros sobre Harry Potter, libros de Penn y Teller, pero no hay libros sobre magia que esté buscando comprar. En mi último viaje a los Estados Unidos, tuve la suerte de entrar en el Centro de Investigación de Artes Conjuradoras, que me dio una gran cantidad de información sobre dónde encontrar las herramientas que necesito. Parece que la librería de Missy no me será de mucha ayuda hoy, así que decido irme.

Mientras me dirijo a la puerta, escucho una voz.

"¿Hay algo en particular que estés buscando y que pueda ayudarte a encontrar? ¿Tal vez pueda ser de ayuda?" dice la voz.

Me doy la vuelta y veo a la que tiene que ser la persona más vieja del mundo de pie detrás de mí. Me resultaba familiar, pero no pude ubicar la cara, así que le respondí:

"No, no lo creo. No tienes lo que busco, así que gracias, de todos modos."

"Tal vez si me das una idea de lo que estás buscando, podría indicarte la dirección correcta."

Decidí, "¿por qué no?", me levanté temprano de la cama y conduje hasta Northport para probar la librería. Este viejo me pregunta si puede ayudarme, así que por qué desperdiciar mi viaje, nunca se sabe.

"Señor, tal vez pueda ayudarme a encontrar lo que estoy buscando. Escuché que hay una copia de *"La magia de la masonería en Nueva Gales del Sur"* de Alcester Powell publicada en 1924 en algún lugar del estado de Nueva Gales del Sur y me pregunto si la tienes," pregunté.

"¿Por qué un joven como usted busca un libro de

ocultismo tan raro?" pregunta el anciano.

Bueno, eso me pareció una pregunta condescendiente, pero le respondí.

"Estoy tratando de mejorar mis habilidades de mago para poder ingresar a SIMA. ¿Sabes lo que es SIMA?" le pregunto.

"Sí, lo creo. Yo mismo soy un Gran Maestro. Después de muchos años de aprendizaje y práctica, llegué a ese nivel y sí, sé dónde está un libro así," susurró el anciano.

Bueno, esto era al menos prometedor.

"Bien, señor, ¿dónde está el libro?," pregunto, casi sonando como si estuviera implorando.

"El libro que buscas está justo detrás del libro *'Traje japonés" de* H. C. Hinkler en la estantería etiquetada como Modas del Mundo, no te lo puedes perder," me responde.

Me doy la vuelta y me dirijo a la zona donde el anciano señaló, y después de buscar un poco, encuentro el libro cerca de donde el anciano dijo que estaría. Hojeo algunas páginas y estoy satisfecho de que este libro me ayudará, así que me dirijo a la caja registradora para pagar. Al llegar a la caja registradora encuentro a Missy (lo decía en la etiqueta de su nombre), nos sonreímos, y ella me dice:

"Oh, Dios mío, encontraste el libro. Lo he estado buscando durante más de un mes. Hubo algunas consultas sobre este libro en las últimas semanas y cada vez que fui a buscar el libro no estaba allí. ¿Dónde lo encontraste?"

Le doy las indicaciones de dónde encontré el libro.

"Oh, nunca se me hubiera ocurrido mirar allí,"dice.

"Tampoco lo habría hecho si no hubiera sido por su asistente, el anciano, que me lo señaló," le digo.

"No tengo a nadie más trabajando aquí. Debes estar equivocado," dice Missy.

Miré a mi alrededor y no encontré al anciano por ninguna parte, así que me encogí de hombros y le dije a Missy:

"Bueno, a lo mejor era un cliente, pero yo creía que trabajaba aquí porque conocía el lugar."

"No, eso no puede ser, joven. Eres mi primer cliente del día," afirma Missy.

Interrumpo la conversación y le pido a Missy que me cobre por el libro. Le entrego a Missy mi tarjeta de crédito, lo que aumenta mi deuda en $345.00. Missy me habla:

"Gracias por pasar por aquí, señor Marshall. Les agradezco por apoyar a una pequeña empresa. Adiós por ahora y, por favor, vuelva pronto," dice Missy, sonriéndome mientras tomo el recibo y salgo por la puerta.

Después de haber pasado más de una hora en la librería, decidí que tomaría un almuerzo rápido en el White Sheep Pub y comenzaría a leer mi libro. Pido un bistec y papas fritas con ensalada y una cerveza Great Northern Super Crisp, me acomodo en una pequeña mesa en la esquina para leer mi libro mientras espero mi comida.

Abro la tapa del libro y entonces lo veo; Escrita en

cursiva, la inscripción decía: "Dedico este libro al Gran Maestre más grande del mundo, Benedict Marshall". La firma: 'Merlín'.

A lo largo de los años, he reflexionado con frecuencia sobre esa mañana en Northport, Nueva Gales del Sur, un lugar al que no he regresado en muchos años. Después de alcanzar y superar el título de Gran Maestro en SIMA, acepté el recién establecido título de Maestro Majestuoso. Al concluir la ceremonia y mientras la gente se dispersa, escucho a alguien decirle a otro mago: "Marshall es tan talentoso. Casi podrías pensar que es Merlín". Bueno, no soy Merlín, pero algo en mí sugiere que quizás lo conocí.

SOBRE EL AUTOR

La revolución cubana de 1959 planteó a José uno de los muchos desafíos de su vida. Nacido en La Habana, Cuba, José se embarcó solo en un avión a los once años, llegando a un orfanato en la pequeña ciudad de Washington, Georgia. No volvió a ver a sus padres hasta los dieciocho años, cuando se graduó de la escuela secundaria en Atlanta, Georgia.

Estudió Administración de Empresas en la Universidad Estatal de Georgia. Desde la universidad, se dirigió al mundo de las finanzas trabajando para el First National Bank of Atlanta (ahora Wells Fargo) y luego se trasladó al mundo de la consultoría financiera trabajando como gerente de proyectos, viajando a muchas asignaciones en los Estados Unidos, Europa y Australia.

José comenzó a escribir su primera novela después de mojarse los pies en la escritura creativa en un grupo de escritores en Camden, Nueva Gales del Sur, Australia. Esto le dio "el gusanillo", como él lo llama, y pronto su mente creó su primer personaje principal, Danny Monk.

Actualmente, José está trabajando en una antología de cuentos cortos basados en sus escapadas al orfanato y otras divertidas experiencias de vida.

Cuando José no está escribiendo, puedes encontrarlo sentado en el centro comercial local observando a la gente e inspirándose para sus futuros personajes.

Cuando no está frente a su computadora trabajando, José está leyendo o pasando tiempo con su esposa en largas y tranquilas caminatas por el área de Camden.

Si tiene algún comentario que desee compartir sobre este libro o cualquiera de mis libros, envíeme un correo electrónico a; info@jfnodar.com.au Te responderé en 24 horas.

¡Gracias por su compra!

www.ingramcontent.com/pod-product-compliance
Lightning Source LLC
Chambersburg PA
CBHW061059100726
47911CB00012B/305

* 9 7 8 0 6 4 5 7 0 2 3 7 8 *